[redacted]

Kostas Mavroudis

Die Unsterblichkeit der Hunde

[redacted]

Elena Pallantza (*1969) lebt als Gräzistin, Literaturübesetzerin und Autorin zwischen Bonn und Athen. Sie studierte Klassische Philologie in Athen, wurde in Freiburg promoviert und war von 2006 bis 2022 Dozentin für Neugriechische Literatur an der Universität Bonn. Sie übersetzt vom Griechischen ins Deutsche und umgekehrt und engagiert sich vielfach für die Sichtbarkeit griechischer Gegenwartsliteratur im deutschsprachigen Raum.
Die Gruppe LEXIS ist ein Übersetzerskreis, der 2013 von Elena Pallantza an der Universität Bonn gegründet wurde. Ihm gehören an: Andreas Gamst, Anne Gaßeling, Rainer Maria Gassen, Milena Hienz de Albentiis, Christiane Horstkötter-Brüssow, Jannis Kompsopoulos, Klaus Kramp und Alkinoi Obernesser.
2018 erhielten Elena Pallantza und LEXIS den griechischen Staatspreis für Literarische Übersetzung.

Kostas Mavroudis

Die Unsterblichkeit der Hunde

Geschichten von Fährten und Gefährten

Aus dem Griechischen von Elena Pallantza
und dem Übersetzerkreis LEXIS

SCHILER & MÜCKE

Bibliografische Information der Deutschen Nationalbibliothek
Die Deutsche Nationalbibliothek verzeichnet diese Publikation in der Deutschen Nationalbibliografie; detaillierte bibliografische Daten sind im Internet über http://dnb.dnb.de abrufbar.

Die Übersetzerin wurde durch ein Stipendium im Rahmen des Programms »Neustart Kultur« aus Mitteln der Beauftragten der Bundesregierung für Kultur und Medien vom Deutschen Übersetzerfonds gefördert.

Die Beauftragte der Bundesregierung für Kultur und Medien

NEU START KULTUR

Die Erstausgabe erschien 2013 beim Verlag Polis, Athen
Originaltitel: Η ΑΘΑΝΑΣΙΑ ΤΩΝ ΣΚΥΛΩΝ

Schiler & Mücke GbR
Hechinger Str. 3
72072 Tübingen

info@schiler.de
www.schiler-muecke.de

Deutsche Erstausgabe
1. Auflage 2025
Lektorat: Peter Holland
Umschlagfoto: Ирина Мещерякова, iStock
Druck: Booksfactory.de
Print Group Sp. z o.o. Szczecin, Polen

ISBN 978-3-89930-475-6

Un chien regarde bien un evêque.*
französisches Sprichwort

* »Man wird dich doch noch anschauen dürfen.«
[wörtl.: Ein Hund schaut sich einen Bischof genau an.]

1

Die Rede von Premier Plastiras in der Stadt war mitreißend. Nicht ein Zuhörer verspürte den Drang, sein Komboloi durch die Finger gleiten zu lassen. Auch tauchte nirgendwo ein einziger Hund auf (es war ohnehin nicht daran zu denken, sich in einem solchen Gedränge zu bewegen), ein sonst bei öffentlichen Ereignissen unweigerlich ins Auge fallendes Detail. Diese Anmerkung kommt nicht von ungefähr: Selbst auf den Bildern vom enthusiastischen Empfang der griechischen Soldaten in Smyrna (1919), wie übrigens auch vom Einmarsch unserer Truppen in Ioannina (1913), erscheint neben den Soldaten, die in Reih und Glied vorbeimarschieren, ein einsamer Hund.

Gleiches geschieht im Jahr davor, als Hasan Tahsin Pascha die Stadt Thessaloniki dem Thronfolger Konstantin übergibt. Bei der kurzen Parade der serbischen Truppen, die vor ihrer Verlegung an die makedonische Front auf Korfu gelandet waren (1916), werden zwei Hunde auf Platte gebannt. Der eine – auf Zuschauerseite – verfolgt reglos das Geschehen mit beinah verständigem Interesse, während der andere, animiert vom rhythmischen Marschtritt, an den Soldaten entlangläuft.

Auf dem Kolossalgemälde *Einzug König Ottos von Griechenland in Nauplia* (Peter von Hess, 1835, München, Neue Pinakothek) empfängt die Bevölkerung den jungen Prinzen und seine Gefolgschaft. Das Werk quillt über von Personen – Reitern und Fußvolk –, die in fiebriger Begeisterung herbeiströmen.

Vorne rechts springt ein honigfarbener Greyhound mit spitzer Schnauze herbei (seit jeher ein treuer Gefährte von Prinzen und Adeligen, im wahren Leben ebenso wie auf den Gemälden). Der *Empfang König Ottos von Griechenland in Athen* (desselben Künstlers) bietet eine Gesamtschau der am Tempel des Hephaistos versammelten Menge. Es ist der Blick der Sittenmalerei auf den Balkan: schwarze Diener, Feze, Ziegen. Ein großer Hund mit winzigen, aufrecht stehenden Ohren und heraushängender Zunge betrachtet den König hoch zu Ross nebst seinem bayerischen Gefolge.

Doch auch im wohlgeordneten urbanen Leben des Westens queren Hunde auf die gleiche Weise das Geschehen. In den ersten Aufnahmen der Brüder Lumière *(Arbeiter verlassen die Lumière-Werke,* 1895) hat zwischen den Arbeitern, die dicht gedrängt das Tor passieren – neben einem Fahrrad – der erste Hund der Filmgeschichte seinen Auftritt. In einer Wochenschau der Firma »Pathé« in Paris (1927) nähert sich ein kleiner Hund dem legendären Flieger Charles Lindbergh (der gerade den Atlantik überquert hatte), als er mit einer Gruppe Journalisten vor dem Eingang des Ritz an der Place Vendôme spricht.

Am 5. März 1946 besuchte Winston Churchill das Westminster College (Fulton, Missouri) und hielt seine berühmte Rede über den Eisernen Vorhang. In dem Autokorso, der sich nach seiner Ankunft bildete, sehen wir einen kleinen schwarzen Hund, der ohne jedes Gespür für den historischen Moment die Straßenseite wechselt.

Immer und überall anwesend pocht der Hund, so könnte man sagen, auf seinen gleichberechtigten

Platz im Sujet – ob in Jagdszenen, Salons bei Hofe, Kinderzimmern oder auf Ausflügen in die Natur. Völlig ungerührt beherrscht der Spanische Mastiff, auf dessen Rücken der Hofzwerg seinen Fuß setzt, den Vordergrund des Bildes *Las Meninas* von Velázquez. Und selbst der weiße Pointer, der in Gustave Courbets *Begräbnis in Ornans* (1850) die Zeremonie am offenen Grab verfolgt, ist eine dieser einsamen Erscheinungen: eine Anspielung auf die vollkommene Sorglosigkeit, mit der die nicht denkende Natur den menschlichen Dingen begegnet.

2

Aus unerfindlichen Gründen war ich in Hochstimmung und wollte den kleinen Park auf keinen Fall verlassen, ohne ein Wort mit jemandem gewechselt zu haben. Unter einem Vorwand sprach ich die beiden älteren Herren auf der Bank an, ohne mich jedoch zu ihnen zu setzen. Der eine hielt *Hermes* an der Leine, einen uralten Laverack Setter, der andere einen weißen Pudel. »Regnen wird's doch eher nicht«, sagte ich und deutete auf die schweren Wolken. Hermes' Herrchen sah mich misstrauisch an und entgegnete, doch, das werde es wohl, er höre ja jeden Abend die Wettervorhersage.

»In den 50er Jahren in Patras«, warf der Herr mit dem Pudel ein, »wussten wir genau, dass graue Wolken mindestens drei Tage Regen bedeuten, wenn sie vom nördlichen Ionischen Meer bis nach Killini reichen.« Ich schnitt ein neues Thema an: »Er sieht mitgenommen aus.«

»Er ist schon fünfzehn«, erwiderte der Besitzer und streichelte den Kopf des Tieres. »Das Laufen fällt ihm schwer, Herz und Nieren machen ihm zu schaffen. Wir wohnen aber direkt hier um die Ecke, längere Strecken muss er nicht mehr laufen«, fügte er hinzu und setzte prompt eine Professorenmiene auf: »Der Hund, mein Herr, ist unsterblich! Diese Weisheit stammt nicht von mir. Das hat bereits ein französischer Romancier im vorigen Jahrhundert geschrieben. Es sterben nur jene, die darum wissen.«

Der Mann mit dem Pudel hörte seinem Freund voller Bewunderung zu, und dieser fuhr fort: »Hermes hat kein Bewusstsein und ahnt nichts von seinem Ende, so wie der Wald nichts weiß vom Sägewerk. Welche Glückseligkeit! Er lebt und stirbt, ohne Verdacht zu schöpfen, dass es ihn einmal nicht mehr geben wird, Zeit hat für ihn keine Bedeutung. Ich fürchte, eines Tages, wenn es so weit ist, werde ich einem arglosen und also unsterblichen Wesen helfen müssen zu sterben.«

3

In *Viridiana* bleiben neben der abgründigen Psychographie der Buñuel'schen Helden die Vorgänge einer kurzen Szene nicht unbemerkt. Don Jaime, der verwitwete Onkel der Novizin Viridiana, hat sich vor kurzem das Leben genommen. Sein attraktiver Sohn Jorge besucht das große Landgut, das er erben wird. Wenige Tage nach seiner Ankunft sehen wir ihn auf einer Landstraße, die am Gut entlangführt. Eine Kutsche hält und ein Reisender steigt aus. An der Radachse ist ein Hund angebunden, der also ständig hinterherlaufen muss. Entsetzt von diesem Anblick kauft Jorge den Hund. In der nächsten Szene sehen wir, wie er seinen Weg fortsetzt, den Hund am Strick führend, während sich aus der Gegenrichtung eine ebensolche Kutsche nähert, die ebenfalls einen Hund hinter sich herzieht, angebunden an just der gleichen Stelle.

Die Nachmittagsvorstellung im *Alkyonís* war zu Ende. Es folgte eine Diskussion zwischen dem marxistischen Kritiker der Zeitschrift *Zeitgenössischer Film* und den jungen Besuchern von damals, voller Leidenschaft für die Filmkunst und die großen Ideen. »Die Befreiung des Hundes«, sagte der Kritiker, »bewirkt also gar nichts. Tausende andere liegen weiterhin in Ketten. Eines dürfte wohl klar sein: Dient die Lösung nicht dem Kollektiv, dann ist es keine Lösung. Philanthropie, lässt Buñuel durchblicken, ist sinnlos.«

Als viele Jahre später (1994) *Schindlers Liste* lief, hatte sich der marxistische Kritiker schon lange nicht mehr öffentlich zu Wort gemeldet. Die missionarische Rolle des Kinos in den Jahren der Diktatur war nur noch eine vage Erinnerung. Allein die alten Programmhefte, die wir bisweilen in Büchern fanden, riefen die Atmosphäre jener Vorführungen wieder wach. Die Zeiten, die Ideale, alles in der Welt hatte sich verändert. Am Ende von Spielbergs Film wendet sich ein von Schindler geretteter Jude an ihn mit einem Wort aus dem *Talmud*: »Wer nur ein einziges Leben rettet, der rettet die ganze Welt.« Die Sicht auf den Einzelnen erschien auf einmal viel verständlicher und menschlicher. Sie berührte uns unmittelbarer als jene großen Worte und die Pläne zur Rettung der Welt. Wir hatten den unschätzbaren Wert des Individuums erkannt.

4

Die Gegend hieß Frühling, ebenso wie das Gartenlokal, direkt am Meer, mit einer überdachten Tanzfläche, auf der Paare unentwegt tanzten, und immer wieder kam jemand aus der Küche vom Herd zum Grammophon gerannt, um eine neue Platte aufzulegen. Ich verließ unseren vollbesetzten Tisch, die Tanzenden und die sonstigen Gäste, und schlich mich zu dem großen Hund, der dem Tierarzt gehörte, einem Mann, der erst kurze Zeit in unserer Stadt lebte. Der *Deutsche Schäferhund* (diese Bezeichnung kannten wir alle, weil der Tierarzt sie verwendete) war gehorsam und friedfertig, wich nie von seiner Seite. Doch als er – auch schon lange unbeachtet – mich so allein sah, sprang er mich an und warf mich zu Boden.

Meine überaus charmante junge Tante (die an jenem Tag ebenfalls im *Frühling* war) stürmte hinüber zum Tisch des Hundebesitzers und warf ihm voller Wut seine Nachlässigkeit vor. Jetzt aber kommt das eigentlich Interessante: Den Kommentaren der Familie konnte ich entnehmen, dass der Tierarzt ihr Liebhaber war und dieser Streit der letzte Akt ihrer Beziehung sein sollte. Die Bella Donna aus den 50ern hatte den Angriff des Hundes als Vorwand für eine gezielte Überreaktion genutzt. Lange hatte sie nach einem Grund gesucht, sich von ihm zu trennen.

Ich weiß noch, wie er in der folgenden Nacht weinend vor ihrer Haustür stand. Sie kam herunter und hörte sich sein Flehen an, abseits in einer dunklen Ecke. Er sei entschlossen, den Deutschen Schäferhund zu verschenken. Nichts, beteuerte er, ohne ihre wahren Motive auch nur zu ahnen, sei ihm wichtiger, als mit ihr zusammen zu sein. Das Tier, das ihren kleinen Neffen angegriffen habe, werde er sofort weggeben, wann immer sie dies wünsche, wann immer sie dies verlange.

5

Was ist eigentlich nach 1990 aus dem imposanten Heer der ostdeutschen Hunde geworden, die die Berliner Mauer bewacht haben? Es fällt tatsächlich schwer, sich ein Bild davon zu machen, denn heute ist dort, wo einmal die Mauer stand, meist nichts mehr zu sehen. Die Grenztruppen der DDR hatten mehr als fünftausend Tiere im Einsatz, allerdings nicht nur Schäferhunde, berichtet ein deutscher Schriftsteller.

Unmittelbar nach Öffnung der Mauer nahm der westdeutsche Tierschutzbund Verhandlungen mit dem Verteidigungsministerium der DDR auf. Am 18. Januar 1990 ließ das Ministerium verlautbaren, die Mauerhunde dürften in die Bundesrepublik ausreisen. Sensible Alleinlebende, kinderreiche Familien und warmherzige Tierfreunde äußerten den Wunsch, einen der Hunde bei sich aufzunehmen. Dann allerdings behauptete der Verein für Deutsche Schäferhunde, die Aufnahme in unvorbereitete Familien sei gefährlich, da sich die Tiere nicht umerziehen ließen. Die Boulevardpresse bezeichnete sie als »Killerbestien, asozial und psychisch labil.« In Wirklichkeit aber waren die Mauerhunde Opfer. »Lange Zeit war ihnen jegliche Beziehung zu einem Herrchen vorenthalten worden, zudem waren sie nicht abgerichtet und im Grunde führten sie das Leben harmloser Wächterimitate im Schatten ihres eigenen Mythos.«

Viele Menschen waren geradezu versessen darauf, einen solchen Hund zu adoptieren. Sogar betuchte Damen aus New York kamen angereist, um einen zu erwerben – für die Wohnung in der 5th Avenue. Mit der Zeit fanden die Tiere ein Dach über dem Kopf, und es gelang ihnen, die kleinen Unannehmlichkeiten des westlichen Lebens – Rolltreppen, das Auf und Ab der Fahrstühle, die Furcht vor exotischen Rassehündchen – zu meistern. Die Anpassung verlief einwandfrei.

»Nur manchmal, wenn die neuen westlichen Herrchen sie zufällig dort spazieren führten, wo einst die Mauer stand, wurden die ruhigen Tiere auf einmal störrisch und nervös und begannen unbeirrt, einem präzise vorgegebenen Weg zu folgen. Dort, wo selbst ein Berliner nicht mehr zu sagen wusste, wo genau sich einst die Mauer erstreckte, liefen die Hunde zielstrebig auf einer nicht mehr sichtbaren Linie, als würden sie etwas wiedererkennen, als würden sie sich nach etwas sehnen.«

6

Jahrelang, links im Saal, auf Höhe der gewaltigen Tür, wenn in der Pause zwei Männer die schweren Samtvorhänge mühevoll beiseite zogen, um frische Luft hereinzulassen, wiederholte sich der gleiche Vorgang, da rückte auf einmal die Stadt an uns heran, nur wenige Meter entfernt. Passanten gingen plaudernd vorüber, Bekannte trugen irgendwelche Dinge, Fahrräder rollten langsam vorbei, man wurde sozusagen gegen seinen Willen in die Welt zurückgezerrt, gab jedoch vor, niemanden zu kennen, Publikum und Flaneure beäugten einander misstrauisch (nur wenige Stunden zuvor waren sie noch eins gewesen), an jenem Abend waren wir mit der Hepburn in Rom, während jene da draußen lässig dahinschlenderten, sie traten aus den Modeläden oder aus der Konditorei oder blieben am Kiosk stehen, ich spürte eine diffuse Verachtung für das Treiben auf der Straße, wie einer, der eine weite Reise antritt und mit Langmut auf das blickt, was er zurücklassen wird, in ein paar Jahren würde ich sie ohnehin nicht mehr sehen, die Leinwand war der großzügig gewährte Vorschuss auf eine zukünftige Welt, das war die Leinwand schon immer und so ist es in den Pausen schon immer gewesen, die Passanten gingen mich nichts an, bis auf jenen Samstagabend, als ich am Ende der Straße meinen Vater erblickte, wie immer allein, mit gleichmäßigem Schritt, weder schnell noch langsam (wohin er wohl ging?), mit Baskenmütze, Handschuhen und *Hera* an der ledernen

Leine, unsere Hera, die friedlich neben ihm herlief, ihr kurzes schwarzes Fell glänzte im Licht, auch der Asphalt glänzte (es hatte geregnet, während wir in Rom waren), sie lief neben ihm, gleichen Schrittes, glücklich in ihrer Unterwerfung, und als ich die beiden sah, spürte ich zum ersten und einzigen Mal, wie ich am Straßenleben Anteil nahm, die Vorhänge und die riesige Tür wurden geschlossen, nie zuvor war es geschehen, dass die andere Seite mich betraf, Passanten und ich, der Zuschauer, wir gehörten auf einmal demselben Ort an, die Prinzessin hatte derweil nur Augen für den Reporter Gregory Peck, Rom war heiter, strotzte vor Eleganz und Geschichte, und die einzig wichtigen Wesen in meinem Leben gingen da draußen, wer weiß wohin, ich wusste es nicht, und obwohl ich so vollkommen versunken war in die Romanze von William Wyler, betraf es mich, ja, es betraf mich, wohin sie gingen.

7

Auf der Hochzeit von Pavlina und Hans lernte ich ihn kennen – einen Schulfreund von ihm aus Köln, gut zehn Jahre älter als ich. Wir waren Tischnachbarn und kamen ins Gespräch. Tags darauf reiste er ab. Ich war viele Jahre Single, bin nie besonders aufgefallen, das hat mir immer schon zu schaffen gemacht. Stundenlang betrachtete ich mich im Spiegel, versuchte auf Fotos herauszufinden, wie ich wirke. Eine Freundin schimpfte immer mit mir, weil ich sofort im Wasser verschwand, sobald ich meinen Badeanzug angezogen hatte.

An der Uni war ich in einer Beziehung, an die ich mich nicht mehr erinnern will. Etwas später, im Spanischkurs, hatte ich nur noch Augen für meinen Lehrer – er hatte gerade seine Frau verloren, sehr jung. Ich wich ihm nicht von der Seite. Spaziergänge, Vorträge, wildfremde Menschen. Einmal, meine Oma lag im Sterben, rannte ich aus dem Krankenhaus, nur um ihn zu sehen. Irgendwann landeten wir in seinem Zimmer. »Du machst mir Angst«, sagte er, dabei war überhaupt nichts passiert. Danach lernte ich einen Fünfzigjährigen kennen. Dem schmeichelte meine Gesellschaft. Mehr nicht.

Ich besuchte Brunos Blog, kurz nachdem wir uns auf der Hochzeit kennengelernt hatten. Gleich auf der ersten Seite ein Bild von ihm mit einem schwarzen Hund. Ich schickte Songs von Nick Cave und Leonard Cohen. »How less beautiful my life would have been if I had not listened to Cohen«, schrieb er,

»schade, dass wir so weit voneinander entfernt leben.« Nach ein paar Tagen – ich konnte es kaum glauben – verkündete er mir: »Du bist herzlich eingeladen!« Sorgfältig packte ich meine Sachen, malte mir in allen Farben aus, was ich anziehen würde. Mein Flug ging um sieben Uhr morgens über Frankfurt. *D'amor sull'ali rosee.* Noch am selben Nachmittag sahen wir *Pina Bausch* von Wenders und aßen danach in einem italienischen Restaurant. Später führten wir den Hund aus (er hieß *Freud)* und schliefen in getrennten Zimmern.

In aller Frühe ging er mit dem Hund in den Park, dachte wohl, ich würde noch schlafen, und hatte mir ein Frühstück mit zwei Sorten Marmelade hingestellt. Am Abend blieben wir zu Hause. Er redete pausenlos und füllte ständig sein Glas nach, ich schöpfte Hoffnung, er wolle sich Mut antrinken. Am Freitag besuchte ich das Museum Ludwig – der Reiseführer empfahl es vor allem wegen eines Picassos. Am Nachmittag gingen wir mit Freud zum Fluss. Ich habe keine Fotos gemacht. Er hat mich davon abgehalten, keine Ahnung warum. Ich habe nur Bilder vom Dom. Auf einem sind wir zusammen zu sehen, zwischen uns der Hund. Ich weiß nicht, was es war: Abneigung? Gleichgültigkeit? Fehlende Anziehung? Ich suche nicht nach einer bequemen Erklärung, bin aber anscheinend Tausende Kilometer gereist wegen eines klaren Falles von Depression. »In sich gekehrt, schon seit Schülerzeiten«, kommentierte der Mann meiner Freundin, als er davon erfuhr. Ich schickte noch ein höfliches Dankesschreiben. Eine Karte mit einem großen schwarzen Hund, der Freud ziemlich ähnlich sieht. Er wird schon verstehen.

8

Im Dokumentarfilm *Land des Schweigens und der Dunkelheit* (Werner Herzog, 1971) gibt es eine Szene, in der die Bewohner eines Heims für Taubblinde über die Alpen fliegen. Ein Begleiter beschreibt ihnen das Panorama der weißen Gipfel mithilfe des Blindenalphabets (sanftes Fingerklopfen in die offene Handfläche). Jeder vermittelt seinem Nachbarn den Zauber der Landschaft auf die gleiche Weise. Daran erinnerte ich mich an einem heißen Mittag im Zentrum von Rimini.

Auf der Straße, die von der Piazza Tre Martiri zum Arco di Augusto führt, gingen zehn blinde Jugendliche hinter mir, Jungen und Mädchen. Sie machten wohl einen Bildungsausflug, ich hörte, dass ein Junge aufgefordert wurde, alles zu beschreiben, was er vor sich hatte. Er blieb vor einem gebogenen Fenstergitter mit üppigen Verzierungen stehen und beschrieb die Formen, die er erkannt hatte. Ihm seien solch elegante Motive schon einmal begegnet, hörte ich ihn sagen. »Ist das alt?«, fragte er seinen Begleiter.

Aus einer Gruppe im Café gegenüber hatte sich ein Hund losgerissen; er lief jetzt auf den Jungen zu und schnupperte am Saum seiner Hose. Der Junge bückte sich und streichelte ihn am ganzen Körper, das Tier wedelte freundlich mit dem Schwanz. »Ein zimtfarbener Labrador!«, sagte er ohne jeden Anflug von Zweifel. Das war weniger an die anderen gerichtet als an den taktlosen Gaffer, dem es die

Sprache verschlagen hatte. »Na, Herr Neugier«, schien er ihm zu sagen, »was sagst du dazu, dass ich mit meinem tastenden Auge die gleiche Gewissheit habe wie du mit deinem sehenden?«

9 (ich)

Da ich schon immer in Athen lebe, bin ich oft denselben Menschen begegnet, in unterschiedlichen Phasen ihres Lebens, in jeweils anderen Kontexten. Einen von denen, die damals T. verhaftet hatten, und den ich während der gesamten Diktatur jeden Tag am Eingang der Philosophischen Fakultät hatte sehen müssen, erkannte ich 1989 auf dem Polizeirevier in Kifisia wieder. 1990 kreuzten sich erneut unsere Wege bei einer Wahlkundgebung. Ohne zu ahnen, dass jemand aus alten Zeiten dabei war, schwenkte er das Parteifähnchen mit der Fackel wie ein kleiner Junge, der einer Parade zuschaut.

Zehn Jahre später sah ich ihn auf einmal allmorgendlich in der Lobby eines Nobelhotels am Syntagma-Platz wieder – immer in Markenkleidung – und hegte den Verdacht, dass er inzwischen für den Geheimdienst arbeitete. Kurz vor den Olympischen Spielen entdeckte ich ihn im Park hinter dem Zappeion. Sein Mund war durch eine Lähmung seltsam verzerrt. Aus einer Plastiktüte warf er vier herrenlosen Hunden etwas zu. Es sah zwar aus wie Futter, doch mein erster Gedanke war, dass er die Hunde vergiften wollte – man hörte ja zu der Zeit ständig von dem Plan, Athens Straßen von den Streunern zu säubern. Ich näherte mich, um zu sehen, ob die Hunde verdächtige Symptome zeigten (was blieb mir anderes übrig, als Zeuge ihrer Agonie zu werden, als das Bild der verkrampften Körper festzuhalten, wie man sie von den Gipsabgüssen aus Pompeji kennt?).

Sie fraßen alles auf, schauten ihn kurz an und verschwanden eilig zwischen den Bäumen.

Ich werde nie erfahren, ob das, was ich befürchtet habe, tatsächlich eingetreten ist, oder ob ich nach all den Jahren, ausgerechnet in ihm, einem wahren Tierfreund begegnet bin. Ersteres ist nicht gerade wahrscheinlich, denn sein Verhalten war fürsorglich. Letzteres aber auch nicht, weil die Tiere misstrauisch blieben. Mag sein, dass das Doppeldeutige nie lügt, wie der Philosoph sagt, doch wir wissen nicht, welche der beiden Wahrheiten die Gültige ist. In der Ambivalenz – dem Rohstoff jeden Rätsels – sind (und bedeuten) die Dinge das, was wir jeweils verstehen. Ich weiß nicht, was ich an jenem Tag gesehen habe. Wir sehen nur, wenn wir den Ereignissen einen Sinn geben.

9A (er)

Die wenigsten habe ich vergessen. Selbst die, für die ich nie zuständig war, erkenne ich sofort wieder. Namen oder Daten kann ich nicht behalten, aber ihre Gesichter vergesse ich nie. Den einen hatte ich ewig nicht gesehen. Philosophische Fakultät. Immer mit Brille und Halstuch. Auch er alt geworden. Wir hatten unseren Spaß daran, ihn ein wenig zappeln zu lassen. Verzögerten die Ausgabe seines Reisepasses vor dem Sommerurlaub, ließen ihn zwei, drei Mal kommen. Jahre später, es muss '89 oder '90 gewesen sein, sah ich ihn in Kifissia auf dem Amt wieder. Er erkannte mich nicht, wie hätte er auch?

Dann lief er mir noch einmal über den Weg, bei einer Kundgebung. Ich war mit Kollegen gekommen, alle Mann mit Familie. Bei uns im Dienst hieß es immer: »Wir sehen alles, wie Gott. Die Zielperson merkt nichts davon, wird aber erfasst.« Eines Tages stand er auf der Panepistimiou-Straße, mit Kopfhörern, schaute wie gebannt in die Baugrube für die Metro – sie hatten wieder alte Gräber gefunden.

Zuletzt begegnete ich ihm kurz vor den Olympischen Spielen. Ich hatte Futter für die Straßenhunde mitgebracht, wie immer zur Mittagszeit, ob bei Regen oder Sonnenschein. Allen, die mich spöttisch danach fragten, sagte ich: »So wie ich mich um meinen Vater gekümmert habe. Gegen Ende war er vollkommen wirr, lief ziellos umher. Hätte ich ihm nichts zu essen hingestellt, hätte er nicht weiterleben können.« Das kleine Rudel lief mittags am

Zappeion vorbei. Sie kamen von der Ermou-Straße hoch, machten Station bei McDonald's und liefen denselben Weg zurück. Von mir stammen die Namen, die ihnen die Stadt auf die Halsbänder schrieb. Er blieb kurz stehen, ich spürte sein Misstrauen: »Die Bestie hinter den Büschen, wer weiß, was er den Streunern gibt?«

10

Ein Schriftsteller schrieb entwaffnend kurz und bündig, wie beharrlich doch das Kind bis zum Ende in uns wohnen will. Ich las seinen Aphorismus in einem Alter, in dem ich gewisse Parallelen zwischen unseren Leben erahnen und begreifen konnte: »Am Ende sagt selbst der *pater familias*: Ich kann keine Märchen mehr erzählen, ich bin eine Waise, ich will nur jenen wiedersehen, der mich verlassen hat.« Vielleicht verdanke ich ihm meine frühere Notiz: »Heute sind wir mittleren Alters, morgen schon Greise, doch wie oft sehnen wir uns noch nach jenem, der uns im Park (dem Labyrinth voller verdächtiger Schatten und Geflüster) an die Hand nahm und durch das Babylon der stets feindseligen Wege führte.«

Vom selben Schriftsteller (einem italienischen Dichter und Bildhauer der Moderne) stammt ein weiterer Aphorismus, der die Kunst in ein bedrohliches Licht rückt: »Das Spiel bereitet die jungen Tiere auf das Leben vor. Doch auf was für ein Leben bereitet uns das Spiel der Kunst vor?« Ich habe mich in seinen Texten wiedergefunden, meist Sentenzen und Kurzprosa, die verschiedenste Themen behandeln – sogar die flüchtige Beziehung zu Straßenhunden, Erscheinungen, mal dezent zutraulich, mal notleidend und asketisch, als würden sie sich gleich einen Platz im Himmel erkämpfen. Eine Kleinigkeit genügt, um die Beziehung zu konstituieren:

»Auf meinem einsamen Spaziergang bemerke ich auf einmal, dass mir ein Hund folgt. Für kurze Zeit begleitet er mich, widmet sich mir, unterhält mich mit seinen Spielchen. Auf dem Rückweg, just an derselben Stelle, an der er zuvor aufgetaucht war, richtet er seine Aufmerksamkeit nur noch auf seinen Schwanz und verlässt mich. Begegnungen im Leben, uneigennützig und rein.«

11

Der Hund zu Füßen des Kirchgängers, ein geläufiges Bild in den Gotteshäusern des Westens, geht gewiss auf die franziskanische Tradition zurück. Vor einem halben Jahrhundert begegnete ich sogar hierzulande einem seiner direkten Nachfahren. Gegenüber dem Haus, das wir Mitte der 50er Jahre bewohnten, stand nur wenige Meter entfernt die katholische Kirche St. Nikolaus. Der alte Pfarrer (bedächtig, knochig, Brille mit rundem Drahtgestell) besaß einen schwarzen Hund mit glänzendem Fell, der oft den Gottesdienst verfolgte – in der wohlbekannt entspannten Liegeposition: von der Schnauze bis zum Schwanz auf dem Kirchenboden ausgestreckt (die Messen wurden damals – bevor Johannes XXIII. die Übersetzung in die jeweiligen Volkssprachen einführte – auf Latein gelesen).

Die außergewöhnliche Intelligenz des Tieres offenbarte sich in brillanten Kunststücken, von denen noch heute berichtet wird. Mit einem Geldbeutel um den Hals kaufte er die Zeitung, holte Aspirin aus der Apotheke an der Promenade und überbrachte dringende Nachrichten. Seinetwegen galt der Pfarrer als eine Art Taschenspieler oder Zauberkünstler. Einmal, mitten im überfüllten Strandcafé, soll er dem Hund laut zugerufen haben: »*Leon*, bring mir bitte meine weichen Schuhe. Diese hier drücken mich.« Ein höchst anspruchsvoller Auftrag für das Pfarrhaus!

In den Jahren danach lebte ich nicht mehr dort. Der Ort, seine Gesichter und seine Chroniken rückten in den Hintergrund. Ich weiß weder wann und wie und erst recht nicht in welcher Reihenfolge die beiden unzertrennlichen Gestalten dahinschieden, auch kann ich mir die Szene der schmerzlichen Trennung nicht ausmalen. Ihre Geschichte bleibt in der Schwebe, gefangen in alten Fotografien und den kargen Wintern der Provinz – der Pfarrer, wie er mit seinem Dreispitz durch den Regen geht, an seiner Seite das Tier unter einem gewaltigen Schirm. Ich weiß noch wie Leon, noch bevor die Sonntagsmesse zu Ende war, müde geworden durch die immergleiche Melodie, in den Kirchhof hinausschlich. Die Schere der Tür ließ dann eine Sekunde lang den lateinischen Hymnus oder die Predigt durchdringen; gerade genug, um ein einziges Wort zu hören.

12

»Der Heilige Abend ist ein Fest zu Ehren der Tiere«, sagte sie. »Warum denn zu Ehren der Tiere?«, fragte meine Tante, eine Witwe, die einer Geschichte von Papadiamantis entsprungen sein könnte. Am Nachmittag des 24. Dezember 1957 hatten wir eine Kapelle vor der Stadt besucht. Wir zündeten dort die vier Öllampen an, die Tante sang *Deine Geburt, o Christe* und in stiller Zufriedenheit machten wir uns wieder auf den Heimweg. Es war eine ältere Katholikin, die von der Verbindung zwischen diesem Tag und den Tieren sprach. Wir waren ihr am Stadtrand begegnet, zehn Hunde hatte sie im Gefolge. Die Menschen kannten sie. Ihrer Leibesfülle wegen schwankte sie beim Gehen hin und her wie ein Pendel. Sie hatte die derbe Aussprache der Dorfbewohner und verdiente sich ihr Brot als Putzfrau sowohl bei Privatleuten als auch bei der Gemeinde. Unterwegs war sie immer von streunenden Tieren umgeben – und es ist sicher, dass sie ihnen zuliebe (oder gerade ihretwegen) ein Leben lang allein blieb.

»Wie heute«, sagte sie, »haben damals die Tiere die Krippe warmgehalten, und dessen gedenkt der gute Christ in Frömmigkeit.« Ich hörte zum allerersten Mal von diesem informellen Jahrestag; Protagonisten der Geschichte waren für mich bis dahin eher das Neugeborene, der geheimnisvolle Stern und die drei Weisen gewesen. Aber belassen wir es dabei.

Glanz und Zauber der Weihnacht bestehen bis heute fort: die Oratorien, die großen, reich geschmückten Städte mit ihrem festlichen Gedränge, die Familienreisen. Ein halbes Jahrhundert später, immer wenn *Adeste fideles* erklingt, oder wenn ich vor einer *Geburt Christi* berühmter oder unbekannter Maler stehe, kommt mir unweigerlich die Begegnung von damals in den Sinn. Und obwohl der Tierfreund schon immer als jemand gilt, der familiäre Gefühle durch anderweitige Zuwendung ersetzt, halte ich diese Zuneigung für aller Ehren wert, ja für geradezu großartig, besonders, wenn sie etwas leicht Pathologisches oder gar Neurotisches an sich hat. Schrieben wir in Zeiten überlauter Symbolismen, würde ich diese Frau sicherlich in einen Himmel voller Tiere versetzen, wie in ihrem irdischen Leben. In jene friedliche Ewigkeit, die das vergebliche Verlangen jeder Hingabe ist.

13

»Das Gedächtnis der Hunde, die in stummem Ernst durch die Städte streunen, ist zur Hälfte von ihren Vorfahren ererbt.« Dies klingt gewiss wie der Anfang eines paradoxen Märchens, da bekanntlich das Gedächtnis der Tiere, äußerst kurz und unvollkommen, zwar wiedererkennt, jedoch keine früheren Zusammenhänge wiederherstellt. Dennoch gibt es Menschen, die gerne der Idee anhängen, dass Erfahrung wie ein Staffelstab weitergegeben wird. Dass Hunde, die heute auf der Straße an uns vorbeilaufen, in einer dauernden Zerrissenheit zwischen retrospektiven Vermutungen und der Gegenwart leben, zumal nichts in ihnen Wahrheit und Traumwelt in Einklang zu bringen vermag – wie es die Kunst für den Menschen tut.

In jenem Sommer auf Rhodos spann ich diesen Gedanken weiter und malte mir aus, wie ein Hund, der in der Zeit der italienischen Besatzung (1912-1943) die Bauten von Bernabiti und Florestano Di Fausto sah, im weißen Pavillon an der Strandpromenade die *Aida*-Ouvertüre hörte und dabei auf die Federn an den Hüten der Bersaglieri achtete, etwas erlebte, das er an seine Nachkommen weitergab – und sei es auch nur als vage Impression. Ich stellte mir dann seinen ahnungslosen Nachfahren vor, umgeben von der monumentalen Architektur der Zwischenkriegszeit, der in den differenten Bildern der Gegenwart lose Zusammenhänge entdeckt, wie es uns Menschen mit einer vergessenen Musik ergeht.

Müßige Gedanken, gewiss. Kein Hund von heute wird je erfahren, warum an dem alten Polizeigebäude verwittert *Caserma Principe di Piemonte* steht, was nur der beharrliche Blick noch zu entziffern vermag. Gäbe es eine Vergangenheit für Hunde, wäre sie – wie für uns – eine Angelegenheit in der Schwebe. Ohne jegliche Erklärung für das Verlorene, für die Abwesenheit vergangener Dinge, für die Leere, die ein Ereignis hinterlässt. Nur naive Fragen würden sie beschäftigen: »Was ist ein Rückblick?« »Was bedeutet *vergangen*?« »Warum bleiben die früheren Ereignisse – wie Kinder beim Versteckspiel – verborgen?«

14

Am 5. Oktober 1955 gaben die Morgenzeitungen in dramatischen achtspaltigen Berichten mit schwarzen Umrandungen den Tod von Premierminister General Papagos bekannt. Herr T. war in jener Nacht mit der Eisenbahn unterwegs gewesen. Er begleitete seine um einiges jüngere Ehefrau in die Hauptstadt – sie war schwer erkrankt. Am folgenden Tag sollte sie mit ihrer älteren Schwester nach München fliegen, wo eine Operation mit ungewissem Ausgang anstand. Man könnte sagen, dass Herr T., den Countdown dieser langwierigen Angelegenheit bereits im Ohr, eine eigene Art entwickelt hatte, die Ereignisse zu bändigen und unter Kontrolle zu bringen.

Er benutzte hyperbolische Metaphern, die, anders als Diminutive, welche die Begriffe verniedlichen, einen günstigen Verlauf untermauerten – oder dies zumindest zu tun schienen. »Wir haben uns das Mekka der Medizin ausgesucht«, sagte er zu einem Bekannten, um Münchens unübertroffenen Ruf zu preisen. Noch am selben Morgen teilte er seinem Umfeld mit, der Start sei um zwei Uhr nachmittags, »in einem viermotorigen Koloss der SwissAir«, und wenig später bezeichnete er den Neurochirurgen Werner Schönbauer als »Koryphäe« und »den Everest der Wissenschaft«.

Zu allen Zeiten haben Menschen – mit Worten mehr als mit Gedanken – versucht, Euphemismen zu erfinden, um die Welt zu beherrschen und nach eigenem Willen zu gestalten. Als Marc Aurel es an den bergigen Grenzen seines Imperiums mit den Markomannen zu tun bekam (einem alten Germanenstamm, der nach Süden drängte), befahl er seinen Legionen, die Käfige mit den Löwen aus dem Circus Maximus vor sich aufzustellen. Das erste Brüllen der fremden Tiere versetzte die Gegner in Schrecken, aber ihrem Anführer gelang es mühelos, sie zurück in die siegesverheißende Schlachtordnung zu bringen, als alle seine einleuchtende Erklärung hörten: »Habt keine Angst!«, rief er in die Reihen, so laut er konnte. »Das sind nur die Hunde der Römer.«

15

Ein slowenischer Archäologe erzählte mir einst von einem Haufen zerbrochener Teller, den er in der Küche eines antiken Hauses auf einer dalmatinischen Insel gefunden hatte, einer Kolonie von Paros. »Er warf unsere eigenen Teller auf den Boden«, bedeutete uns seine Freundin, »um zu verstehen, aus welchem Winkel und welcher Höhe sie genau auf diese Stelle gefallen waren!«

In der Stoa Poikile in Athen, sechs Meter unter meinen Füßen, beobachtete ich die Studenten der Amerikanischen Archäologischen Schule. Akribisch und gewissenhaft reinigten sie den Boden und siebten die Erde. Steine und Keramikscherben blieben übrig, wurden aussortiert oder erfasst. Gegen Mittag erschienen drei herrenlose Hunde und streunten auf dem Gelände umher. Mit der Nase lasen sie ein paar Studentennamen auf den Schildchen (McCarson, Barton, Chow, Kingsley), liefen in die Gräben und beäugten die winzigen Spaten, die aufgeschlagenen Notizhefte und die Schubkarren. Sie schienen unentschlossen, ob sie der Mittagshitze im Schatten der antiken Mauern oder doch lieber unter den Schirmen des Professors begegnen sollten. Eingetaucht in die alte Welt glaubten sie, auch diese sei Teil der Gegenwart. Für sie gab es keinen Unterschied. Ob unten bei den Ausgrabungen oder oben auf der Straße, nur eines betraf sie: die Herrschaft desjenigen, der niemals – das ahnten sie wohl – erscheinen würde.

16

Die Seiten, auf denen Victor Hugo die Figur des Quasimodo beleuchtet, sind ein Meisterstück aus Metaphern und Bildern. Der missgestaltete Held verweilt Stunde um Stunde in den dunklen Gängen der Kathedrale und betrachtet die Statuen. Die marmornen Gestalten (Heilige, Bischöfe, aber auch Chimären und Dämonen) sind ihm durchaus wohlgesinnt und vertraut, berichtet uns der Erzähler. Sie verhöhnen ihn nicht, noch demütigen sie ihn wie die Menschen. »Er plauderte mit ihnen, zuweilen stundenlang. Wenn jemand kam, stahl er sich davon, wie ein Liebhaber, den man bei einem Ständchen erwischt hatte.« Von den Glocken, die ihn hatten ertauben lassen, lesen wir, dass er sie liebte, wie »Mütter, die oft jenes Kind am meisten lieben, das ihnen den größten Kummer zugefügt hat.«

»Die Menschen mochte er nicht, denn sie hatten ihn gequält, ausgenommen den Geistlichen Claude Frollo, der ihn noch als Kind von der Straße geholt hatte, zu einer Zeit, als alle anderen ihn schikanierten. Er lehrte ihn lesen und schreiben und machte ihn zum Glöckner von Notre Dame.« Die Verantwortung für die größte Glocke zu bekommen, war »ein Ereignis von ungeheurer Bedeutung, als hätte man Julia dem verzweifelten Romeo doch überlassen. Ein einziger Wink von Claude – und Quasimodo hätte sich vom Glockenturm hinabgestürzt. Seine Dankbarkeit war so tief, dass wir nicht wissen, womit wir sie vergleichen können, ähnliche Beispiele finden wir ja unter den Menschen nicht.«

In dem kurzen Kapitel *Der Hund und sein Herr* fällt es dem Romancier recht schwer, das Absolute ihrer Beziehung deutlich zu machen. Er sucht nach Verstärkung, als wären ihm die vielen Umschreibungen für die Tiefe des Gefühls noch zu vage. Und siehe da, letztendlich greift er den Archetyp auf, um die Entsprechung adäquat zum Ausdruck zu bringen: »Wir können lediglich sagen«, schreibt er, »dass Quasimodo ihn so liebte, wie niemals zuvor ein Hund seinen Herrn geliebt hat.«

17

Ein Mann um die vierzig (groß, brauner Anzug ohne Krawatte) hatte seinen sechseckigen Drachen vom Westen des kleinen Ortes bis zu unserem Garten am östlichen Rand fliegen lassen. Geduldig umging er die Überlandleitungen, indem er einen riesigen Halbkreis abschritt. An seiner Seite lief *Ares*, ein hellbrauner Setter mit dichtem Fell. Der Mann kam auf mich zu, drückte mir die große Schnurrolle in die Hand und ging. Ich konnte mir die großzügige Geste nicht erklären, und auch nicht, warum er an der letzten Biegung des Feldwegs stehenblieb und mir zuwinkte.

Durch Zufall erfuhr ich später, dass dieses Geschenk ein verstecktes Zeichen seiner Zuneigung für meine junge Tante war, und von da an war ich oft das nützliche, über jeden Verdacht erhabene Bindeglied zwischen den beiden. Vierzig Jahre später, als ich gerade in unserer Provinzstadt verweilte, sah ich ihn eines Nachmittags wieder, wie er schweren Schrittes auf sein Haus zuging, die Ausgaben der *Abendpost* und der *Fantasio* unterm Arm. Nach kurzem Zögern beschloss ich, ihn daran zu erinnern, wer ich war. Neben ihm lief ein hellbrauner Hund, gleich jenem, der mir im Gedächtnis geblieben war. Er umarmte und küsste mich mit einer Rührung, die er erfolglos zu kaschieren suchte. Doch sicherlich stellte ich für ihn – über die Brücke zu seiner Jugend hinaus – eine verstörende Mahnung dar; und sei es, weil er nichts finden konnte, was uns aktuell verband, sei es, weil alte Menschen die Zeit so wenig überzeugend verfälschen, wies er auf den Hund, der zu unseren Füßen wartete, und fragte mich so ernsthaft, dass ich es beinahe geglaubt hätte. »Erinnerst du dich an ihn?«

Der überraschende Anachronismus, in aller Selbstverständlichkeit vorgebracht, zeigte einen recht ungezwungenen Umgang mit der Vorstellung von »damals« und »dort«. Die Szene, das Schauspiel, die vertrauten Rollen ließen die Vergangenheit wie eine alte Kulisse wieder aufleben. Solange Ares noch existierte, das erkannte ich nun, war diese gebrechliche Gestalt der Verliebte, der meiner Tante – durch den kleinen Jungen vor ihm – wieder ein Liebesbriefchen zukommen lassen konnte (das ich unterwegs heimlich lesen würde), die Schachtel mit den köstlichen Pralinen der Konditorei *Anemone* oder den großen Strauß weißer Blumen – immer aus dem eigenen Garten.

18

Das ist unsere kleine Stadt. Vor fünfundvierzig Jahren zwar, aber das ist sie. Jede einzelne Ecke erkennen wir wieder, wissen genau, wo das ist. Wenn uns heute jemand mit verbundenen Augen irgendwo aussetzen würde, könnten wir uns fehlerlos orientieren und jedes beliebige Ziel erreichen. Als mir mein alter Schulfreund aus Stockholm per E-Mail ein Jugendfoto von sich schickte, erkannte ich die Stelle sofort. Ein Hydrant und eine Tür boten genügend Hinweise. Er stand davor und hielt an einer dünnen Kette einen Hund, von dem ich nichts wusste. Hatte Christophoros jemals einen Hund?

»Hattest du einen Hund?«, schrieb ich zurück und prompt erfuhr ich von *Elma*. Er schilderte mir, wo er die Hündin gefunden hatte, eine Bracke mit braunen Flecken über den Augen, und wie sie später von bösen Nachbarn getötet worden war. Das Moped rechts von ihm, an das ich mich sehr gut erinnerte, brachte mich auf seinen Besitzer, einen rastlosen Fotografen, der dauernd im Städtchen unterwegs war. »Das Moped gehörte M.«, schrieb ich mit triumphierender Gewissheit zurück. »Und der nach Nordosten fallende Schatten des Hundes bedeutet, dass die Sonne gerade hinter dem Restaurant *Ägäis* untergeht. Oktober oder November?«

»November«, antwortete er umgehend. Im Sommer kamen wir nach dem Baden am nahegelegenen Strand immer an dieser Stelle vorbei. Es gab fünf Holzbänke, sie waren immer besetzt. Von dort aus konnte man den Horizont sehen, den blassblauen Schatten von Syros und etwas später den Sonnenuntergang. Elma und ihre vier Welpen wurden drei Monate nach der Aufnahme getötet. Das abgestellte Moped, die menschenleere Promenade und er (im Trenchcoat, mit zugeschnalltem Gürtel) wurden 1963 fotografiert. Es herrscht eine gefrorene Stille im Bild, eine tiefe, lautlose Leere wie im Tonstudio. Ich gebe den Unbeteiligten, wie immer bei alten Fotografien. Tue so, als beträfe sie mich nicht, als bedeute sie überhaupt nichts, ihre bedrohliche Stille.

19

Jener, der nicht sprach, kam eines Winters zur Mittagszeit aus Piräus. Seine Ankunft auf dem leeren Kai erregte sofort große Aufmerksamkeit, allerdings war er so ausgezehrt, dass keiner es wagte, ihn anzusprechen. »Hast du Hunger?«, fragte ihn schließlich ein Hüne von Lastenträger mit Schiebermütze. Der Fremde fürchtete den Mann, der seine Frage zehnmal wiederholte und ihn schließlich, ohne eine Antwort erhalten zu haben, kraftvoll an den Armen hochzog und in Richtung *Hahn* schleppte, der Taverne mit den zwölf Weinfässern an der Wand und den Kochtöpfen, deren Duft Häuser, Geschäfte und Gassen füllte. Er bestellte Hühnersuppe, griff mit der einen Hand den Löffel und mit der anderen den Kopf des Schweigenden, doch der widersetzte sich hartnäckig. Dann versuchte ein anderer zu helfen, wiederum ohne Erfolg. Es kam zu einem regelrechten Gemenge, aber der Fremde mit der seltsamen Appetitlosigkeit wollte partout nichts essen.

Hier enden die verbürgten Geschehnisse im *Hahn,* denn alles, was danach folgte, weiß man nur vom Hörensagen: Jemand kam herein und sagte zu dem Hünen, die *Schöne* liege unter einer Treppe in einem großen Karton und werfe, »Jetzt, jetzt, gerade in diesem Moment«, rief er, und der Hüne antwortete, er wolle sofort hin, alle kannten seine enge Bindung zu dem Tier, »Nimm ihn mit!«, bedeuteten sie ihm, und er packte den Schweigenden wieder kräftig am Arm, man hörte Papier rascheln, er hatte sich gegen die Kälte Zeitungen unter die Kleidung gesteckt – war eingewickelt in Ereignisse, Artikel, Filmkritiken –, sie gingen durch die leeren, engen Gassen bis zu der Stelle, wo die Schöne ihre Welpen warf, es war nicht unter einer Treppe, es war in einem Hinterhof, sie hatte sich auf Lumpen gelegt, befreite jedes Junge von einer blutigen, schleimigen Membran, die sie auffraß, leckte beharrlich jeden winzigen Körper ab, um ihn zu säubern, er beobachtete sie von weitem, auch der Schweigende sah dem Ereignis ganz hingegeben zu – noch stiller als zuvor –, der Hüne ließ seine Hand los, »Wir wollen nicht stören! Nur von weitem, von weitem!«, flüsterte er sanft, »Sechs werden es sein«, zeigte er mit einer Hand und noch einem Finger dazu, »Hast du so etwas schon einmal gesehen?«, fragte er so leise er konnte, »Hast du das schon mal gesehen?«

Der andere sah mit einer fremden, süßen Furcht zu, und als der sechste Welpe kam, hörte der Hüne auf zu fragen, wandte sich ab und begann, trockene Zweige von den Zitronenbäumen zu brechen, die er dann gebündelt beiseitelegte. Er hatte bemerkt, dass die Augen des Schweigenden feucht geworden waren, und ahnte, dass sie sich bald, obwohl vollkommen apathisch und ausdruckslos – er hatte sich nicht getäuscht –, mit den leisen Tränen einer urtümlichen Freude füllen würden.

20

In seinem Gesicht war die großbürgerliche Patina zu erkennen. Der schwarze Leinenanzug bildete einen gelungenen Kontrast zu seinem vollen, grauen Haar. »Sie ahnen den Aufwand nicht!« Die Rede war von dem Museum auf fünf Ebenen, mit dem Atrium und den Ausgrabungen unter gläsernem Boden: das Gebäude, das er soeben feierlich an eine Stadt mit bedeutender Geschichte und unbedeutender Gegenwart übergeben hatte. Er zeigte sich überrascht, als ich ihm erzählte, woher ich kam, und vor allem darüber, dass ich Ende der fünfziger Jahre als Kind dort gelebt hatte.

»Ich war jeden Sommer dort«, sagte er in deutlich gelösterer Stimmung. »Ich wohnte im letzten Haus am Felsenstrand, als Gast der Familie.« Die Familie, das waren der Vater (an die Mutter erinnere ich mich nicht) und der Sohn, ein Bohemien, immer extravagant gekleidet und mit nennenswerten Erfolgen als Rennfahrer und Unterwasserjäger. Athener. »Hatten Sie nicht einen großen, schwarzen Hund?«, fragte ich. »Nicht irgendeinen schwarzen Hund, *Othello*. Einen Belgischen Groenendael! Eine der anspruchsvollsten Rassen.«

»Ich erinnere mich an Sie. Sogar daran, wo Sie abends immer gegessen haben. Sie haben vom Boot aus einen Stock ins Meer geworfen und Othello ist ihm hinterhergehechtet. Ein andermal haben Sie und ein Mädchen mit dunklen Haaren ihm Tennisbälle zugeworfen. Ich habe Ihnen stundenlang zugesehen, jeden Satz von Ihnen gehört, sogar beim Spaziergang auf der Promenade habe ich Sie aus dem Augenwinkel regelrecht bespitzelt«, hätte ich beinahe gestanden und die Faszination offenbart, die die Gäste auf unsere kleine Stadt ausübten, doch ich unterbrach ihn nicht.

»Wie sehr Othello und Sie mich inspiriert hatten! Ich habe mir immer einen Hund gewünscht«, wollte ich zu ihm sagen. »Vom Beifahrersitz aus (hatten Sie nicht eine grüne Citroën Déesse?) würde er – genauso wie Ihrer – den Kopf mit den spitzen Ohren durchs Fenster hinausstrecken, der Wind würde sein feines Haar aufrichten. Nie würde er den Ball aus dem Auge verlieren, wann immer ich Tennis spielte. Jede Bewegung von Ihnen hatte ich mir gemerkt und alle Ihre Kommentare während der Partie. Ich bin jahrelang nicht mehr dort gewesen, doch ich weiß, dass Ihr Freund nicht mehr lebt und die Villa nicht mehr das letzte Haus am Felsenstrand ist.«

Ich sagte kein Wort von dem, was mir durch den Kopf ging, es wäre peinlich und zu impulsiv gewesen. Wie hätte ich über Unerfülltes sprechen können, darüber dass ... Nein, nichts ist so geworden, wie ich es mir wünschte, nie habe ich einen Groenendael gehabt, nie habe ich Autofahren gelernt und es gab niemals in meinem Leben jemanden an meiner Seite – nicht einmal das Haustier, von dem ich träumte. Geständnisse, die eher erbärmlich als erhellend gewesen wären. Niemand will hören, was unbefriedigt geblieben ist, oder ob wir uns ständig – wie ein Vormund – um dieses Kind sorgen müssen, das uns nicht nur immer noch unaufhörlich verfolgt, sondern an unserer Stelle auftritt, entscheidet und spricht.

21

Weihnachten 1972 reiste ich zum ersten Mal nach Paris mit meinem Französischkurs. Nie wieder habe ich mich seitdem so sorgfältig auf etwas vorbereitet. Und ich war unglaublich erfinderisch! Gefaltete Hundertdollarscheine waren in der Zahnpastatube versteckt, zwischen Sandwiches und den zusammengeklebten Seiten von *Alexis Sorbas.* Vier Stunden Flug – was für ein Spektakel! Während des Landeanflugs dämmerte es. Vor Paris, noch im letzten Licht, erkannte ich einen riesigen Wald. Er folgte auf endlose rechteckige Felder, die einander in allen Erdtönen abwechselten, von Beige bis zu dunklem Braun.

Wir wohnten am Boulevard Raspail. In der Metro fand ich mich schnell zurecht und meine Ausdauer beim Laufen, Stehen und Betrachten war bemerkenswert. Louvre, Pantheon, Quartier Latin; am zweiten Tag das Ethnologische Museum, der Eiffelturm, Sacré-Cœur. Am dritten Napoleons Grab, das Rodin-Museum, und anschließend der Jardin des Plantes mit dem Zoologischen Garten, der mich begeisterte. Am Abend spazierte ich mit unserem Klassenbesten von der Place de la Concorde die Champs Elysées auf der rechten Seite hinauf. Der Boulevard war brechend voll und erstrahlte im Lichtermeer der Feiertage. Wir konnten uns nicht satt sehen an den Schauräumen der Autohäuser mit den 73er Modellen, an den Tausenden Passanten mit den Einkaufstüten und an den Mädchen – schicke Handschuhe, bis zu den Augen heruntergezogene Wollmützen und rote Nasen –, die lebhaft plauderten, während frostige Atemwölkchen ihre Worte umhüllten. Wir waren verzaubert.

Mein Freund musste um halb sechs gehen, wir trennten uns am Eingang des großen *Prix Unique*, aus dem die Musik bis zum Bürgersteig schallte. Sollte ich lieber hineingehen und die Auslagen bestaunen oder weiter durch die Straßen schlendern? Die Entscheidung wurde mir abgenommen. Eine Frau trat auf mich zu und bat mich, für drei Minuten auf ihren Hund aufzupassen, sie wolle nur kurz ins Untergeschoss des Kaufhauses. Ich willigte ein, obwohl abzulehnen so einfach gewesen wäre (»ich werde erwartet«, »ich wollte gerade gehen, wissen Sie«, »ich leide unter einer Hundeallergie«).

Dreiundfünfzig Minuten habe ich gewartet. Sie muss einen anderen Ausgang genommen haben. Mir gehörte nun ein friedlicher langbeiniger Caniche Royal mit dem gekräuseltem Fell eines Schafes. In seinem dichten Nackenhaar war gerade noch ein Täschchen zu erkennen. Die Notiz darin ließ eine seelische Störung vermuten: »Ich habe keine andere Wahl. Finden Sie eine Lösung, svp!« Den Zettel verstaute ich wieder. Wollte sie sich das Leben nehmen? Sich nach verübtem Verbrechen der Polizei stellen? Oder den Kontinent verlassen?

»Ich bitte Sie...«, wandte ich mich an einen gepflegten Vierzigjährigen mit blond gefärbtem Haar, Pelzmantel, Schiwago-Mütze und Reitstiefeln. Drei Meter von mir entfernt – auf dem breitesten Trottoir, das ich je gesehen hatte – unterhielt er sich mit jemandem auf Spanisch und warf mir andauernd verstohlene Blicke zu. »Er heißt *César*«, sagte ich und zeigte auf das Namensschild am Halsband. »Bin sofort wieder da.« Mit einer Geste à la Buonarroti streckte er mir die Hand entgegen und ergriff die lederne Leine.

22

Spät am Abend erreichte ich mit der Metro die Gare de Lyon. Paris-Rom. Ein leeres Abteil, mein Koffer und ich. Der Januar '79 war gerade erst zehn Tage alt. Die beiden Kinder, die nach mir hereinkamen, unterhielten sich auf Französisch. Sie war knapp über dreizehn, ihr Bruder etwas jünger. »Wir haben Weihnachten in New York verbracht, bei unserem Vater«, erzählte sie später. »Gestern sind wir zurückgeflogen und jetzt fahren wir weiter nach Lucca, in der Nähe von Florenz.« Sie lebten bei ihrer Mutter, die eine Galerie führte, genauer gesagt ein Antiquitätengeschäft mit erlesenem Porzellan.

Calvino beschreibt an einer Stelle die Kunstgriffe des Reisenden, der allein bleiben möchte. Wie er die Vorhänge zuzieht, um denjenigen, der nach ihm kommt, zu verunsichern, wie er Zeitungen und Taschen auf die leeren Plätze verteilt – ein abschreckendes Zeichen von Autonomie. Ich nahm aus dem Gang ein Blechschild mit dem Wort *Occupé* und hängte es an unsere Tür. Sie zeigte sich von meinem Einfall begeistert. War es ein spielerischer Impuls oder der Wunsch, die stundenlange Fahrt ungestört gemeinsam zu verbringen?

Hinter Paris war die abendliche Landschaft tief verschneit. Ihr Bruder war schon eingeschlafen, den Kopf an die hochgeklappte Armlehne geschmiegt. Wir unterhielten uns, schlenderten an den benachbarten Abteilen vorbei, lästerten ein wenig über die Reisenden und sahen die Berghänge in der Nacht leuchten wie ein Negativ der Dunkelheit. Als Stunden später der Morgen dämmerte, schlug sie vor, das Fenster im Gang herunterzuziehen. »Winter freshness«, murmelte sie mit ungekünstelter Sinnlichkeit. Zwei- oder dreimal ging sie zu unserem Abteil und sah nach ihrem Bruder, wohl in der Absicht, einen Eindruck der Reife zu vermitteln.

»Lucca ist ein Juwel!«, bemerkte sie – eine Wortwahl, die mich überraschte. »Ein schöner Abend, ich werde mich an ihn erinnern«, sagte ich bevor die beiden in Florenz ausstiegen. Sie schrieb mir Namen und Adresse auf eine Seite ihres Notizbuchs, riss sie heraus, hielt die Augen halbgeschlossen – eine Pose, die nicht mehr kindlich war – und sagte: »Nicht verlieren!« Vierunddreißig Jahre später fand ich den Zettel in einem alten Portemonnaie.

Die Suche nach Personen ist heutzutage ein Kinderspiel: »Dr. Véronique Giroud wurde 1991 in Princeton promoviert und absolvierte ihre praktische Ausbildung in Washington. Sie hat an der medizinischen Fakultät der Johns Hopkins University gearbeitet. Schwerpunkt ihrer Forschung ist der Abbau von Proteinen beim Übergang von der Eizelle zum Embryo.« Und gleich dahinter ihr Blog. Fotos vom Central Park, dem Labor der Klinik, einem Restaurant (am 3. April, ihrem Geburtstag). Kleine Ohrringe, verhaltenes Lächeln, kurzes blondes Haar. Der betagte Herr, ein wenig älter als ich, ist ihr Vater. Es gibt auch ein kurzes Video, am Ufer eines Sees. Immer wieder wirft sie einem Hund etwas zu, offenbar um ihn zu erziehen.

Der Hund läuft los, nimmt den Gegenstand auf, weigert sich aber, ihn zu apportieren. Leicht verärgert ruft sie: »Bring it back, bring it back, *Luca*« und wendet sich mit vielsagendem Blick der Kamera zu: »Auf mich hört ja keiner.« Ein vermisstes Kind, dessen heutiges Gesicht der Computer Jahre später modelliert, mit all den mutmaßlichen Veränderungen, ein Sprung in ein befremdliches Erwachsensein. Kein völlig fremder Gesichtsausdruck. Das Lächeln, unbekannt und doch vertraut, als wäre die Ewigkeit dazwischen eine Pause von wenigen Minuten gewesen, wie damals auf dem Bahnhof in Florenz: Ich hielt ihre Hand und versicherte ihr, ich würde ihre Adresse umgehend abschreiben, sie ginge nicht verloren, sehr bald würden wir voneinander hören.

23

Im Sommer 1957 reiste ein Kind im Grundschulalter mit seinen Eltern nach Athen. Im Laufe ihres Aufenthalts, gespickt mit vielen – meist pädagogisch wertvollen – Aktivitäten, besuchten sie die Redaktion der Zeitschrift *Der kleine Held* im Kellergeschoss einer Einkaufspassage an der Lekka-Straße. Der Vater, ein Amtsrichter, der auf seine Beförderung wartete, wollte seinen Sohn mit dem Verleger in Kontakt bringen, wenn möglich auch mit dem Autor persönlich. Ebenso beabsichtigte er, die Redakteure auf gewisse erzählerische Entgleisungen hinzuweisen. Er war nicht der erste Vater, der so etwas versuchte. Dutzende kamen in die Redaktion, kauften alte Hefte, suchten das Gespräch oder abonnierten die Zeitschrift für ihre Kinder.

»Nur ein paar wohlmeinende Anmerkungen«, sagte er nach einem schnellen Händedruck zu dem Herrn, der sie empfing – er hatte nicht verstanden, ob es der Verleger oder der Autor war. »In Heft 17 beispielsweise hört sich die Schilderung äußerst konventionell an.« Er zog einige Notizen aus der Jackentasche: »›Im Hauptquartier der Alliierten in Kairo schüttelt der Oberbefehlshaber den Kopf.‹ Punkt. ›Seine Finger spielen nervös mit einem Brieföffner.‹ Im gleichen Heft sind die Auseinandersetzungen zwischen Jorgos Thalassis und dem deutschen Agenten Scheitan Allamann vom erzählerischen Standpunkt aus ungeschliffen. Ständige Konflikte – ›Hyperaktivität‹ würde der Mediziner dazu sagen – pausenloses einander Totschlagen. Desgleichen halte ich die Gedanken der Helden für zu simpel konstruiert. Ohne Ihre allseits anerkannte Autorität antasten zu wollen, sind doch gewisse Formulierungen häufig verfehlt. Wir sagen zum Beispiel nicht ›Sprengmaterial‹ oder ›das Zeichen des Hakenkreuzes‹ – es handelt sich um ein Emblem. Auch bei der Wahl der Stilmittel sollte man sorgfältiger vorgehen: ›Ein Hieb direkt ins Gesicht‹, ›Kampfgriffe, die ihm den Tod schenken würden‹, ›ein Schatten rutschte in die Dunkelheit‹. Der Schatten, nebenbei gesagt, ist ein großartiges literarisches Zitat. Denken Sie an Dante, die Szene im Purgatorium, in der der Dichter Statius sich niederbeugt, um Vergil die Füße zu küssen, und dieser ihn daran hindert: ›Tu das nicht, denn Schatten bist du, Schatten siehst du.‹ Ich verweise ebenfalls auf einige schiefe Vergleiche. ›Das Geisterkind vollzieht einen Satz wie ein Schimpanse, der zwischen den Bäumen hin und her springt!‹ Mein Sohn, wissen Sie, bewegt sich zwischen zwei Polen, Ihrer Zeitschrift und seinem *Theseus*, einem sehr intelligenten Spürhund! Stellen Sie doch Ihren Helden einen vierbeinigen Kameraden an die Seite! Der Junge dürstet mehr nach Zuneigung als nach einem unglaubwürdigen Sprung mit dem Fallschirm wie dem von Giorgos Thalassis in Berlin. Beschenken Sie bitte Katherina und Spithas mit einem Hund.«

Es folgte eine lange Pause. Der Zuhörer, der auf einem Holzstuhl saß, schaute zu Boden. »Habe ich Ihnen Kopfschmerzen bereitet?«, fragte der Amtsrichter, beunruhigt durch das Schweigen des anderen. In diesem Augenblick erschien ein junger Bursche in einem weißen, ärmellosen Unterhemd in der

Kellertür. »Der Lastwagen ist da«, rief er laut. Der Mann im Büro sprang die Treppe hinauf, kam mit drei Kisten auf der Schulter zurück und ging wieder hinaus. Der Amtsrichter sah seinen Sohn an, sein Gesichtsausdruck verriet Ratlosigkeit und Verzweiflung. In den Händen hielt er die drei Seiten mit den Notizen; er war sich sicher gewesen, dass er sonst vieles vergessen hätte. Er faltete sie zusammen und steckte sie wieder in die Innentasche seiner beigen Leinenjacke.

24

Wer waren der portugiesische Koch Negoro, Dick Sand und *Dingo,* der schlaue Hund? Der Walfänger *Pilgrim* kehrte aus Neuseeland in die USA zurück, einzige Passagiere waren der fünfjährige Jack und Mrs. Weldon (Sohn und Ehefrau des Reeders), Dingo und die fünf schwarzen Schiffbrüchigen des Schoners *Waldeck,* die sie vor einiger Zeit auf See gerettet hatten.

Dingo, ein Mastiff aus Neuholland (»mit dickem Fell und von kräftigem Körperbau, größer als ein Hund aus den Pyrenäen«), war von der Besatzung des havarierten Schiffs an der ostafrikanischen Küste eingefangen worden. Ein unruhiges Tier, »als sehnte es sich«, so der Autor, »nach einem Herrn, den es auf gewaltsame Art verloren hatte und nie mehr wiederfinden würde.« Auf seinem Halsband, dies sei noch hinzugefügt, waren die Initialen S. V. eingraviert und kurioserweise schien der Hund sie zu erkennen. Eines Tages, als der kleine Jack auf dem Deck spielte und mit seinen Buchstabenwürfeln Wörter schuf, kam Dingo und zog das S und das V heraus, was den Kapitän auf die Idee brachte, es könnte sich bei den Initialen um einen Hinweis auf Samuel Vernon handeln, einen französischen Forscher, der Afrika durchqueren wollte, und dessen Spur sich vor über einem Jahr verloren hatte. Der Koch Negoro, der erst vor kurzem auf dem Schiff angeheuert hatte, war eine düstere Figur und aus unerfindlichen Gründen ständiges Ziel von Dingos Attacken.

Ich lag mit Fieber im Bett, mir blutete sogar ein wenig die Nase. Doch bekanntlich wandeln sich Krankheiten in der Schulzeit zu Tagen glücklicher Ruhe, das Thermometer wird zu einem Abakus mit Quecksilber, Hustensaft und Aufgüsse zu einer willkommenen Familienwissenschaft. Inzwischen hatte Negoro den Kompass mit einem Magneten manipuliert (auf diese Weise erfahren wir, dass er ein Sklavenhändler war) und wechselte somit den Kurs der *Pilgrim*, die nunmehr ihre verhängnisvolle Fahrt in Richtung Afrika begann.

»Durch dieses Buch hat der Kleine gelernt, was ein Breitengrad ist, ebenso alles über den Sklavenhandel und auf den letzten Seiten, durch den rachsüchtigen Hund, sogar etwas über Katharsis und Vergeltung«, sagte mein Vater. Der Hausarzt, sein Freund, wechselte das Thema, und sie setzen ihre Unterhaltung fort. Ihre Gespräche zogen sich über viele Jahre hin – kindliche Wahrnehmung oder das beruhigende Gefühl des Unveränderlichen? Sie tranken Cognac, empfingen Bekannte, spielten hin und wieder eine Partie Schach, nicht selten führten sie politische Gespräche oder tauschten Anzüglichkeiten aus.

Bis etwas – und es war nicht der Verlauf der Zeit noch das sich wandelnde Bild der Stadt oder ihr sprunghafter ökonomischer Aufstieg – die Veränderung ankündigte: Als erste verschwand Großmutter aus dem Blickfeld, sie hinterließ eine schmerzlose Leere, wie wenn man eine Figur aus dem Papier herausschneidet. Doch dann zeigte sich an der Schwelle eine beunruhigende Aktivität – plötzliche Abwesenheiten veränderten auf einmal das Umfeld, bis auch der engere Kreis an die Reihe kam und das bis dahin Unvorstellbare geschah: Die unangreifbare Ewigkeit brach zusammen.

Und du wirst nie erwachsen genug sein, um deren Hinscheiden nicht als Verrat zu empfinden. Als hätten sie dir versprochen, du dürftest für immer den Prinzen spielen, ohne dich vor den Höflingen und deren Intrigen zu warnen. Jene, die vermeintlich ewig lebten, kamen mit tröstenden Zusicherungen davon (»Du hast noch so viel Zeit, die Zukunft gehört dir«), legten dir das, was nicht zu bewältigen war, wie einen Staffelstab in die Hand (»Auch du wirst tun, was wir getan haben«) und schwadronierten weiter von Demokratie und Gleichberechtigung (»Es ergeht allen so, das kann niemand ändern ...«).

25

Ein junger Mann mit feinen Gesichtszügen verkauft jeden Sonntag Bullterrier-Welpen in Monastiraki. Er kommt aus Bulgarien, einem Land, das für einen endlosen Nachschub an Hunden sorgt. Seit 2001 hat er sich auf den Import dieser einen Rasse spezialisiert. Er beschafft die Welpen in der Stadt Weliko Tarnowo und bietet sie in Kleinanzeigen zum Kauf an. Ich sehe ihn dort immer mit zwei Tieren stehen (mehr hat er nie dabei), er wartet oder beantwortet die neugierigen Fragen der Passanten. Er heißt Ivo, wie der Held in der Novelle *Der Pfirsichdieb* von Emilijan Stanew, die zufällig in Tarnowo spielt.

»1918 gab es in Tarnowo ein Lager mit französischen, serbischen und griechischen Gefangenen«, sagte ich zu Ivo. »Der serbische Hauptmann Ivo Obrenovich, der deinen Namen trägt, war in seinem zivilen Leben Gymnasiallehrer. An einem sonnigen Nachmittag schafft er es durch den Stacheldraht nach draußen und gelangt in einen Garten, wo er sich einige Pfirsiche pflückt. Hättest du gefragt, hätte ich dir welche gegeben, tadelt ihn die Hausherrin mit zärtlicher Strenge und gibt ihm zu essen. Es gibt sogar eine Verfilmung davon. Kennst du den Regisseur Vulo Radev?«, frage ich. Ivo kennt ihn nur dem Namen nach. »Er hat die Geschichte filmisch adaptiert. Jedenfalls ist der Ehemann dieser Frau der Kommandant des Gefangenenlagers.«

»Und? Ist was passiert?«, fragt Ivo gespannt und formt mit Daumen und Zeigefingern zwei ineinander verschränkte Ringe.

»Ja«, antworte ich.

»Wie hieß sie?«

»Ich weiß es nicht mehr, ich glaube, Elizaveta.«

»Und dann?«

»Dann kam die große Leidenschaft. Der alte Oberst will nicht verstehen, dass eine Frau immer die Spannung sucht, und die lässt im Leben wie im Roman nie lange auf sich warten. Der Hauptmann stiehlt sich regelmäßig aus dem Lager, um sie zu besuchen. Es gibt eine herrliche Szene im Garten. Sie unterhalten sich und betrachten die Stadt, die sich vor ihnen ausbreitet wie ein antikes Amphitheater. ›Wie schön sie ist‹, sagt er, ›auch wenn ich sie nur durch den Stacheldraht sehe. Der Krieg erfüllt uns mit Abscheu und Hass, doch Meisterwerke werden wir immer bewundern.‹ Als Bulgarien den Krieg im Norden verloren hatte, wurden die Gefangenen von Tarnowo verlegt.«

In dem Moment werden wir unterbrochen, jemand sieht die Welpen und tritt auf uns zu. Ivo erläutert einige Details über den Bullterrier: »Eine Kreuzung aus Bulldog und Terrier. Starke Tiere, sehr kinderlieb; wenn Herrchen mit den Kindern streitet, halten sie immer zu ihnen.«

»Eine große Gefangenenkolonne ist also auf dem Weg aus der Stadt, wir sehen sie von oben auf einem Feldweg (ich hebe den Arm wie eine Kamera an einem Kran). Plötzlich verlässt der Hauptmann die Reihen und eilt zum Haus des Kommandanten. Sie ist gerade allein, stickt oder liest – ich erinnere mich nicht mehr – als sie den Schuss hört und besorgt nach unten eilt. Ein Soldat hat Ivo erschossen und entfernt sich mit tränenfeuchten Augen.« Als ich die Szene im Kino sah, dachte ich, im Buch wird sicherlich näher auf die innere Zerrissenheit des Schützen eingegangen, der sich zwischen Befehl und Gewissen nicht zu entscheiden vermochte.

Womöglich verlangt jede Träne nach einem Freispruch, wie es heißt, doch wenn jemand seinem Rang entsprechend leidet, werden Schuldgefühle oft zu einem heimlichen Vergnügen. Ich war da keine Ausnahme. Nach vielen Jahren fand ich in meinem Notizbuch eine Anmerkung zu einem Verlust, vor dem ich mich fürchtete: »Obwohl ich nicht einmal an den Tod zu denken wage (ich bezog mich hier auf mein geliebtes Tier), entschädigt mich die Trauer wie eine selbstgefällige Bestätigung meines eigenen Wertes, wie ein finsteres Lob, ein *honneur de souffrir.*« In *Kaputt* legt Malaparte einem Adligen folgenden Satz in den Mund, wenn dieser den Ich-Erzähler die Bestialität an der russischen Front beschreiben hört und die Seele beneidet, die am Grauen und am absolut Bösen litt: »Ach, könnte ich doch auch so leiden wie Sie!«, stöhnt er, und gibt dadurch zu erkennen, dass er sich mit dem Ertrag aus den Bergwerken der Hölle gut auskennt.

26

Die Einwohner eines jüdischen Dorfes in Polen haben vor sehr langer Zeit aus Gründen, die dir, *Mel*, fremd und unverständlich sein mögen, einem empfindsamen Menschen den Wunsch verwehrt, Rabbiner zu werden. Damit er aber nicht ohne Einkommen blieb, betrauten sie ihn stattdessen mit der Aufgabe des Schächters. Seinem Einwand, diese harte Tätigkeit passe nicht zu ihm, entgegneten sie: »Der Mensch darf nicht barmherziger sein als Gott, die Quelle aller Barmherzigkeit.« Schließlich willigte er ein, doch von da an begann sein Martyrium.

Der Anblick des Blutes quälte ihn und zur Buße verordnete er sich strenge Regeln. Er aß kaum noch, sprach nicht mehr, versuchte, diese Tötungen vor sich zu rechtfertigen: »Tiere, die nicht geschächtet werden, sterben ohnedies an Krankheiten und leiden dabei oft monatelang. In der Natur verschlingen Tiere andere Tiere. Die Fische in den Meeren fressen einander auf. Die Altenheime quellen über von Schwachen und Invaliden. Der Mensch, das Tier, der Tod sind ein Rätsel.«

All dies, wenn auch zutreffend, spendete ihm dennoch keinen Trost. Das Schächten jedes Tieres, ob groß oder klein, erfüllte ihn mit Schmerz. Das Blut, mit dem das Leben aus ihm entwich, all das Brüllen und Stöhnen, das Kreischen des Geflügels. Die Körper weigerten sich, den Tod hinzunehmen. Bis zum letzten Atemzug schienen sie uneins zu sein mit dem Schöpfer der Schriften. Beim Versuch, sich mit der Thora abzulenken, musste er feststellen, dass selbst die Seiten dieses Buches vor weltlichen Grausamkeiten strotzten.

Ich möchte nicht zu weit abschweifen, Mel, als Hund schätzt du gewiss die Kürze. Dem Mann wurde immer unwohler. Die grausamen Gesetze des Lebens abzulehnen, galt ihm als unwiderruflich. Ich werde dir nicht die ganze Geschichte erzählen, die einen dunklen und verhängnisvollen Verlauf nimmt, nicht etwa, weil du sensibel bist, sondern weil Isaac Bashevis Singer, ein bedeutender amerikanischer Schriftsteller mit jüdisch-polnischen Wurzeln, sie seinen Lesern schon erzählt hat. Punktum, ein kleiner Exkurs und ein neues Thema.

Vor vielen Jahren habe ich ein Fernsehinterview mit ihm gesehen. Er hatte sich gerade mit Menachem Begin getroffen, als dieser zu Gesprächen in New York war. Sie sprachen unter anderem über das Jiddische, in dem Singer – als einer der Letzten – weiterschrieb. Sie diskutierten auch über politische Themen rund um Israel, über den Frieden mit den Nachbarstaaten und über die Welt im Allgemeinen. »Glauben Sie ja nicht, dass mich Politik interessiert, wenn ich in meinen eigenen vier Wänden bin«, sagte Singer dem Journalisten, »ob Begin Präsident wird, und all das, worüber wir gesprochen haben. Ich bin Schriftsteller, mich beschäftigen andere Dinge. Ich bemühe mich zu verstehen – das ist mein Beruf –, warum wir geboren werden, warum die Welt erschaffen wurde, warum es den Tod gibt.«

27

Zu Beginn der 70er Jahre entdeckte er die linke Literatur für sich. Er war Landarzt. Eine vage Erscheinung nach all den Jahren, doch seine mittlere Statur und sein blondes, schütteres Haar sind mir noch gut im Gedächtnis geblieben. Er verkündete ständig Gewissheiten und legte dabei einen selbstgefälligen Zynismus an den Tag, als hätte er die gesellschaftlichen Normen verinnerlicht und sich geschworen, ihnen um jeden Preis zu entsprechen. Auch liebte er den erhobenen Zeigefinger des Gesellschaftsromans und konnte das Gedicht *Wind auf den Wegen der Welt* in voller Länge auswendig vortragen.

Einmal nahm er mich mit zu einem Hausbesuch bei einem Hochbetagten im Dorf G. Quälende Atemnot, Wollunterhemd trotz Sommerhitze, Lungenrasseln, das Sauerstoffgerät, das alte Eisenbett mit den vielen Kissen, der Blutdruckmesser. Auf dem Boden lag ein schneeweißer Hund, den niemand hinausgewiesen hatte. Der einzige schwarze Fleck an ihm – und gerade deshalb urkomisch – war sein rechtes Ohr. »Nehmen Sie ihn bitte wenigstens zur Seite«, sagte der Landarzt zur Tochter des Kranken.

Das lautlose Geschehen im Raum wurde vom Ticken der Tischuhr begleitet und dieses Zusammenspiel ließ mich eine metaphysische Symbolik erkennen, die das bescheidene Zimmer in einem spirituellen Licht erscheinen ließ. Als zwanzigjähriges »Genie« hatte ich, Gott weiß wie, das Unwiderrufliche diagnostiziert und wurde durch das rhythmische Ticken der Sekunden – gleichsam allegorisch – daran gehindert, das schwarze Ohr zu beachten, dieses heitere Detail, die herzige Verspieltheit, die tröstliche Lebensbejahung. Mein ausgeprägter Hang zur Dramatik hielt mich davon ab, diesem Harlekin und seiner Verlockung nachzugeben: »Komm, lach doch mal, schau, mit welcher Leichtigkeit ich den Ernst der Situation untergrabe, wie anmutig ich herunterspiele, woran zu denken du nie mehr aufhören wirst.«

28

Drei Personen im Wohnzimmer eines Hauses in der Provinz. Die Frau – so die alten Chroniken – eine Ikone der Lust. Der Ingenieur – er stand in einem über jeden Verdacht erhabenen Verhältnis zur Familie – war gegen Mittag gekommen, in der Hand einen Nelkenstrauß vom Blumenladen an der Platía. Bei ihr wie immer der Getreue, ein Verehrer, der alle möglichen Dienste verrichtete – vor allem ging er mit *Emma* spazieren, ihrer stadtbekannten Dogge (Grand Danois). Um eine peinliche Pause zu füllen, ging sie zum Grammophon und legte eine Schallplatte auf. »Vi-io-lin-ko-kon-zert«, erläuterte der stark stotternde Getreue und, als sich die beiden anderen bald darauf ins Bad begaben, blieb er brav auf seinem Platz, um der Introduktion zu lauschen.

Mit lauter Stimme sprach sie hinter der geschlossenen Tür, zeigte wohl dem Ingenieur einen Riss in der Wand. Sie spürte seine tiefen Atemzüge in ihrem Haar und kniete hastig vor ihm nieder. »Harmlos, muss ich Ihnen sagen, vollkommen harmlos«, wiederholte er ein paarmal während seiner rasch verfliegenden Sternstunde. Erst nach vielen Jahren würde sie dem treuen Freund – ihrem Schatten – offenbaren, was geschehen war. Das Verschwörerische erregte sie; das Versteckspiel bedeutete ihr mehr als die kurze Episode im Badezimmer.

Hätte uns jemand die Zukunft prophezeit, so hätten wir erfahren, dass zwischen ihr und dem Getreuen eine lebenslange Freundschaft ihren schicksalhaften Lauf nahm, wie es bei jeder einseitigen Ergebenheit geschieht. Der Beziehung zu dem Ingenieur hingegen, voller Illusionen wie sie war, sollte keine Dauer beschieden sein. Genauso ist es gekommen. Liebhaber und Ehemann – sechsundfünfzig Jahre nach jenem Tag mit dem Riss im Badezimmer – leben nicht mehr. Sie, eine unausstehliche Person, immer jugendlich-knallbunt gekleidet, ist nach wie vor eine treue Verehrerin von Mendelssohns Musik und eine bemerkenswerte Bridge-Spielerin.

Auch der Getreue behält seine alte Rolle unverändert bei. Er besucht sie regelmäßig, hört ihr mit Bewunderung zu, sie gehen zusammen ins Café mit den großen, einander gegenüber hängenden Spiegeln, die das Bild des anderen bis ins Unendliche wiederholen. Hin und wieder, an späten Sommernachmittagen, wenn das Licht die Gebäude und die Marmorbüsten an der Promenade in dunkle Farben taucht, erscheinen sie als einsame Flaneure, ungestört von Menschen wie auch vom flüchtigen Duft des Sonnenöls oder der Gärten. Ein Hauch, und du kannst sie sehen, oder sie entschwinden ins Nichts. Er, eine schwebende Figur am Rande der Mole, hält immer noch Emma fest – lautlos wie die Erinnerung; ein ergebener Wagenlenker, die dünne Leine in der Hand, deren Ende im Leeren baumelt.

29

An einem glühend heißen Montagnachmittag (es war Juli 1957) bemerkte ein pensionierter Philologe mit Lesebrille, nur in Unterhemd und weiter Hose, auf die er noch am Tag zuvor acht Knöpfe für die Träger genäht hatte, dass er auf seinem alten hölzernen Kanapee eingenickt war, die Lokalzeitung noch in der Hand. Er richtete sich auf und las die Kolumne *Vor sechzig Jahren* weiter. Langanhaltende Niederschläge und verheerende Erdrutsche hatten im Januar 1897 die Gegend heimgesucht, er selbst war damals kaum zehn Jahre alt. Es schien unvorstellbar, aber durch eine Erdspalte von hundertneun Ellen hatte sich der Weinberg der Familie Morphis dergestalt mitten in einen Olivenhain geschoben, »dass der Betrachter geneigt war zu mutmaßen, Reben und Bäume wären schon vor undenklichen Zeiten dort nebeneinander angepflanzt worden. Ratlos betrachtete nunmehr der verwirrte Hund des ersten Gutes die sich überlappenden Flächen.«

Er las die Beschreibung noch zweimal, bezaubert von der apokalyptischen Katastrophe, der Ratlosigkeit des Hundes und sicherlich auch von der *Katharevousa* mit ihrer beispiellosen Prägnanz. »Ratlos betrachtete nunmehr der verwirrte Hund des ersten Gutes die sich überlappenden Flächen.«

»Der sentenziöse Stil unterstreicht die Hyperbel«, sinnierte er, um kurz darauf, nicht zum ersten Mal, drei weiterführende Überlegungen anzustellen: »Der Stil steht im Dienste des Themas.« – »Der Stil ist identisch mit dem Thema.« – »Es gibt weder Stil noch Thema.« Dann musste er bei dem Gedanken lächeln, der Lesegenuss sei auf das Privileg zurückzuführen, die Katastrophe und das Leid ohne persönliche Nachteile verfolgen zu dürfen. Er aß eine Kleinigkeit und machte eine kurze Siesta. Um sechs ging er hinaus, um die Zeitung zu holen. Wie es einsame Menschen zu tun pflegen, las er sie vollständig durch – vom Leitartikel bis zur Werbung für Elektrogeräte. Mit kleineren Aufgaben in Küche und Garten verflog der Abend wie im Nu.

Ebenso rasch vergingen die Wochen darauf und schließlich auch der August: die trägen Sommertage, die Urlauber, deren An- und Abreise und, gegen Ende, das hartnäckige Schießen der Jäger, das der Pensionär von den gegenüberliegenden Hügeln gedämpft vernahm. Eines Morgens, der allen vorherigen glich – der Lärm der Schrotflinten hatte ihn schon um fünf geweckt –, riss er mit feuchten Fingern die Blätter des Wandkalenders ab, was er seit Langem nicht mehr getan hatte, und verspürte jene diffuse Erregung, die der erste Herbsttag stets in ihm hervorrief: ein wiederkehrendes Gefühl seit seinen Schülerjahren. Wie paradox! Die Zahl Eins, so gegenwärtig, so ohne Vergangenheit, erschien ihm auf einmal wie ein Epilog. »Deshalb hast du nie etwas geschrieben«, dachte er. »Welch eine Anmaßung, für alles, was du fühlst, Fremde finden zu wollen, die es verstehen.«

30

Peter von Hess, hauptsächlich als Schlachten- und Historienmaler bekannt, begleitete 1833 Otto von Bayern nach Nauplia. Die Kunstgeschichte misst ihm eine rege Vorstellungskraft bei und auf dem Werk *Einzug König Ottos von Griechenland in Nauplia* (aus dem Jahr 1834) können wir in der Tat die Liebe fürs Detail, die schlichte Genauigkeit und die Eleganz des Miniaturisten erkennen.

Von Ludwig, Ottos Vater, in Auftrag gegeben, bietet das längliche Kolossalgemälde einen Panoramablick über den Golf von Argolis. Begeistert empfängt die Menge den Prinzen hoch zu Ross. In der unteren linken Ecke steht ein Kamel mit einer buntgestreiften Webdecke. »Die Signatur des Orients«, hatte er gedacht, als er es an diese Stelle malte. Vom Dach eines Brunnenhauses aus verfolgt eine Gruppe Schaulustiger den Begleitzug des jungen Prinzen, die Reiter in ihren blauen Uniformen und die Menge, die sie jubelnd begrüßt.

»Die aufsteigenden Rauchschwaden im Hintergrund kommen vom Ehrensalut der Kanonen«, erläuterte der Maler einem talentierten Schüler, der eines Nachmittags das Werk betrachtete: »Wir sind auf der *Madagaskar* gereist. Am 25. Januar ging das Schiff mitten in der Bucht vor Anker. Faltenröcke, Umhänge aus Ziegenwolle und Turbane. *In der Sittenschilderung des Orients und dessen anekdotischen Elementen ahnt man immer einen versteckten Sarkasmus.* Der Hund, der angelaufen kommt, ist ein Italienisches Windspiel. Wie jener auf dem Bild von Veronese, wenn du dich erinnerst, mit dem jungen Prinzen und dem Türrahmen dahinter, durch den das Modell hereingekommen zu sein schien und wie ein Schauspieler in Kürze wieder abtreten würde. ›Ein Italienisches Windspiel auf der Morea?‹, fragte mich jemand. Ein anderer sagte spöttisch, der Greyhound sei ein Hund für die Idyllen Amigonis, außerdem sei der buschige Schwanz falsch. Kein Wort über den Aufbau der Figuren, die Lebhaftigkeit der theatralischen Inszenierung oder wie mir die Perspektive gelungen ist, wie ich die beiden Festungen mit dem Golf verbunden abgebildet habe. Ich wies auf den Schatten des Hundes hin, der sich soeben noch auf dem Boden abzeichnet, zart wie ein Halm. Einer meiner Freunde in St. Petersburg pflegte zu sagen, wir schrieben und malten für wohlmeinende Naivlinge. Eines Tages wirst auch du diese Ausflucht bemühen. Denk an Jagos Antwort, als man ihn nach den Motiven seines Handelns fragte: ›Fragt mich um nichts mehr! Was ihr wisst, das wisst ihr.‹«

31

Er kam an einem Donnerstag. Durch die geöffnete Tür des Büros konnten wir ihn mit dem Direktor sprechen sehen, schmal, gebeugter Rücken, verschlissene Kleidung, er setzte sich, den Geigenkasten auf dem Schoß, allmählich trafen auch die Lehrer ein, er erhob sich und begrüßte jeden einzeln, wir konnten seine Haare sehen, sie reichten ihm bis zur Schulter – wie bei Liszt, auf diesem Bild im Lexikon. Sie unterhielten sich weiter, das Zimmer füllte sich, er erbat die Genehmigung aufzutreten, würde für eine halbe Drachme Eintritt kurze Stücke spielen. In den Pausen dazwischen würde er ein paar Worte zu den Komponisten sagen und wie sie dazu kamen, ihre Werke zu schreiben, auch eigene Werke würde er spielen, *Meine Schwester Amalia, Mattinata, Elegie für meinen Hund Amadeus.*

Nach und nach verließen die Lehrer das Büro, er erhob sich jedes Mal, um sie zu verabschieden und setzte sich sofort wieder hin, seine Aufmerksamkeit galt insbesondere dem musikliebenden Direktor, der ein Grammophon besaß und immer wieder Schüler schickte, ihm Nadeln zu besorgen; die Ouvertüre zu *Egmont* kannten wir in- und auswendig – man konnte sie während des Unterrichts bis in die Klassenzimmer hören. Der Direktor war von der Elegie mit dem Hundethema sehr angetan. Er selbst hatte vor einem Jahr einen Vortrag über den Tod des *Argos* gehalten, der kurz zuvor noch Odysseus wiedererkannt hatte.

Das Konzert wurde für Samstagnachmittag im »Saal des Philhellenen Bjostrom« angesetzt. Er spielte einige Takte, stimmte dann sein Instrument und stimmte es noch einmal, bevor er ein Taschentuch auf den Kinnhalter legte. »Wir wollen jetzt nicht stören«, sagte er (eine Bitte, die sich wie eine Gewissheit anhörte), setzte die Geige ab und fing an, ein Gedicht über den Tod des *Amadeus* zu deklamieren. »Hingebungsvoll so wie du war nicht jeder / klagend ertönt meine stille Weise / taucht' in die Trän' ich die Feder. / Abwärts zur Erde ließen wir dich, ganz leise.« Nach der *Elegie* fuhr er fort mit anderen Werken über Tiere. »Die Kuh, die auf ein Dach irgendwo in Südfrankreich gestiegen ist, hat ein berühmter Komponist musikalisch verewigt. Der Humor des Paradoxons!«, erläuterte er und schaute uns an, dann war die Katze an der Reihe, wir amüsierten uns köstlich über das ständige Miau-Miau. »Noch eine kleine Komposition für Amadeus, der in den fünfzehn Jahren unseres gemeinsamen Lebens immer andächtig lauschte, ein wahrhaftiger Verehrer der Musik! ›Erinnert mich an Beethovens Romanze in F-Dur‹, schrieb mir Kalomiris höchstpersönlich.«

Er setzte die Geige wieder ab, sie war offenbar sehr alt und hatte dieselbe Farbe wie die getönten Haare des Direktors, der mit Frau und Schwester in der ersten Reihe saß. »Ich habe sie vor Jahren auf Korfu gefunden«, sagte er. »Sie war – Gott weiß wieso und woher – im Besitz einer Schneiderin, die damit ihre Teppiche auf dem Balkon ausklopfte. Fäden und Stecknadeln fielen auf die Straße, ich habe sie auf der Stelle gekauft. In der Werkstatt bekamen sie große Augen, als sie den Brandstempel von *Guarneri* sahen, sie glaubten, ich wollte mir einen Scherz erlauben. Sie wurde restauriert, schauen Sie, absolut perfekt.«

»Edle Jünglinge«, sagte er (oder sagte er doch nur »meine lieben Kinder«?), »stellen wir uns einmal gemeinsam den Weg dieser Geige vor, das ferne, unbekannte Publikum, die Säle mit den goldenen Logen. Ihre Aufmerksamkeit ist mir Dank, ebenso das Interesse Ihres kunstsinnigen Direktors, hören Sie weiter zu wie bisher: mit der Hingabe und der den Musen geschuldeten Ehrfurcht.«

32

»Der 74-jährige Andalusier Antonio Gautier weigert sich, sein kleines Haus zu verkaufen. Zöge er es in Betracht, wäre der Preis unvorstellbar hoch. ›Sie können die Interessenten diesbezüglich unterrichten, dass ich nicht verkaufe, wenn mir nicht ein Preis angeboten wird, der meine Angehörigen und mich wohlhabend machen wird.‹ Abgesehen davon, dass Gautier mit der Tilgung unüberschaubar hoher Schulden säumig war, gilt das Gebäude als dringend sanierungsbedürftig, und die Rente des ehemaligen Technikers auf einer Militärbasis ist kärglich.

Juan, sein Sohn, verdient mühsam gerade eben das Nötigste, um seine Familie durchzubringen. Wie die Verwaltung der Stadt Sevilla festgestellt hat, sprudelt eine Erdölquelle auf dem Grundstück seines Hofes, welche die mittellose Familie bereits für drei Lampen und einen Ofen nutzt, woraufhin die staatliche Erdölbehörde seit Anfang 1961 Untersuchungen anstellt. Die betreffende Entdeckung erfolgte, als vor einigen Wochen der alte Gautier darauf aufmerksam wurde, dass sich *Adelita,* ein Terriermischling, mit rätselhaftem Gebaren weigerte, das ihr angebotene Wasser zu trinken. Auch ihm selbst war vor einigen Wochen aufgefallen, dass die Kartoffeln aus dem Garten bitter schmeckten, bis er beim Anzünden eines Streichholzes erschreckt feststellen musste, wie das Wasser aus dem Garten Feuer fing. Den Reportern tritt er nun fröhlich und zu Scherzen aufgelegt gegenüber. Er werde von nun an knöchellange Dschallabiyas tragen und Adelitas künftigen Welpen Namen aus Erdölländern geben. ›*Jamelia* oder *Intisar*? Was finden Sie besser?‹, fragt er.«

Mein Vater, ein obsessiver Zeitungsleser, legte die *Hestía* beiseite und schaute mich an. »Als wäre es ein Märchen für Erwachsene, überhaupt nicht glaubhaft, oder was meinst du?«

Ich erinnere mich noch sehr genau an jenen regnerischen Samstagabend. An die Besucher, mehr mit Spielen beschäftigt als mit Kaffee und Süßspeisen, an den bläulichen Rauch der Zigaretten, die metallene Registrierkasse mit der Klingel, die nach jedem Anschlag eine Zeit lang nachhallte, sogar an eine Stadtschönheit, die mit dem Gehabe einer Diva hereinrauschte, rote, schräg aufgesetzte Baskenmütze und Lippenstift. Das Kafenío *Anemone*, Geburtsstätte von tausenden anderen, die ich über die Jahre kennenlernen sollte, über die ganze Welt verstreut, gleich unzähliger Nachkommen eines biblischen Stammvaters. Wie viele Stunden, mit wie vielen Menschen, in wie vielen Städten, welche Dispute, Fehden, Träumereien, auf der Suche nach etwas, das niemals eintreten sollte. Verse, belanglose Notizen, Begegnungen und flüchtige Plaudereien mit Gästen am Tisch nebenan, als es den beschützenden Tischgenossen aus der *Anemone* schon nicht mehr gab.

Der Kellner kam und verbeugte sich respektvoll, dankbar für das stets großzügig bemessene Trinkgeld. Das Serviertuch über seinem Arm streichelte mir sanft das Haar. »Ich kann Ihnen gerne auch die *Embrós* bringen, Herr Abteilungsleiter. Ausgeschlossen, dass Sie schon gehen! Es regnet in Strömen.«

33

In der bildenden Kunst (viel häufiger als in literarischen Werken) ist der Jagdhund unzählige Male über der erlegten Beute in Szene gesetzt worden. An einem regnerischen Nachmittag in Rom hielt ich auf dem Foro Italico vor einer Bronzestatue inne – zwei Jagdhunde und ein toter Hirsch. Mit einem undefinierbaren Ausdruck hatten sie sich über ihn gebeugt, keine Neugier, nein, vielmehr spürten sie mit einem düsteren Schuldgefühl dem Ereignis des Todes nach.

Die Art und Weise, wie Jagdhunde die tote Beute betrachten, schenkte uns in den vergangenen Jahrhunderten ein endloses Repertoire an Darstellungen. Das Motiv bietet die Gelegenheit, den emotionalen Widerhall des Todes zu beleuchten, die Intensität, den finalen Triumph, oder sogar etwas, das mir bei den Hunden in Rom wie Reflexionsvermögen vorkam.

Il Gattopardo von Giuseppe Tomasi di Lampedusa, einer der großen Romane des 20. Jahrhunderts, spielt 1860 auf Sizilien. Der Hauptheld, der vornehme und geistreiche Fürst Don Fabrizio, ist zur Jagd aufgebrochen. »An jenem Morgen, kurz bevor sie auf der Höhe angelangt waren, begannen *Arguto* und *Teresina* den rituellen Tanz der Hunde, die die Fährte des Wilds aufnehmen; Anpirschen, Erstarren, vorsichtiges Heben der Pfoten, unterdrücktes Kläffen. Kurz darauf schnellte ein kleines aschgraues Fellhinterteil durch das Gras, zwei beinahe gleichzeitig abgegebene Schüsse setzten dem stummen

Warten ein Ende; *Arguto* legte ein im Todeskampf noch zuckendes Tierchen vor die Füße des Fürsten. Es war ein Wildkaninchen: Sein unauffälliges erdfarbenes Gewand hatte es nicht gerettet. Schnauze und Brust waren von klaffenden Wunden zerfetzt. Don Fabrizio sah gerade noch zwei große schwarze Augen, die ihn anblickten, rasch legte sich ein weißer Schleier über sie. Ihr Blick, unschuldig und voller Staunen, richtete sich gegen die gesamte Welt. Die samtenen Löffel waren bereits kalt, die kleinen muskulösen Läufe verkrampften sich rhythmisch. Das Tier starb, gepeinigt von der schmerzenden Hoffnung auf Rettung, es zuckte, genauso wie die Menschen, ein allerletztes Mal.«

Die Beschreibung ist noch nicht zu Ende. Der nächste Absatz – ein kurzer selbstkritischer Kommentar zur Empfindung des Jägers – erinnert sehr an das psychologische Bild der bronzenen Hunde, an den emotionalen Zwiespalt zwischen Triumph und dem Bedürfnis nach Sühne, den ich an jenem Nachmittag in Rom verspürte: »Die Jagd war vorüber. Don Fabrizio hatte eine schöne Zeit verbracht. Neben der Freude am Töten hatte er auch den besänftigenden Genuss der Schuld und des Schmerzes empfunden.«

34

Drei Jahre und fünf Monate hatte unsere Ehe gedauert. »Sieh zu, was du mit deinen Sachen machst«, habe ich zu ihr gesagt. »Ich will sie so schnell wie möglich weghaben.« Es war schon lange offensichtlich, dass wir in einer Sackgasse steckten. Sie sammelte ihr Zeug gemächlich zusammen, ob nach einem Plan oder weil sie bloß Gleichgültigkeit vortäuschen wollte, war schwer zu sagen.

Zuvor gab es zwei gewaltige Streitereien über unseren Hund. Ich wollte nicht zulassen, dass sie ihn mitnimmt, nur weil sie einen Garten hat, wie sie argumentierte. Wir warfen uns gegenseitig wütende Worte an den Kopf, sie nannte mich ein selbstsüchtiges Schwein, ich nannte sie ein erbärmliches Weibsstück. »Siehst du nicht, dass sie hierbleiben will?«, brüllte ich.

Sie verschwand für zwei Tage und kehrte zurück, um weiteren Kleinkram zu holen. Mit großer Geste desinfizierte sie das Badezimmer, nahm den Gaitis von der Wand und zog den Stecker des Plattenspielers. »Das hab ich alles mit meinem Geld gekauft«, sagte sie und machte sich daran, Bücher und Schallplatten quälend langsam in Kartons zu packen, murmelte dabei jeden einzelnen Titel, als wollte sie ihren geistigen Beitrag zu unserem gemeinsamen Leben betonen. *Ariadne*, unser lieber Golden Retriever, beschnüffelte dabei gleichgültig die Platten. Dann packte sie das Küchengeschirr ein, zuletzt die dunkelrote Emailkanne aus Amsterdam, sie kannte meine Schwäche für Emaille, ich konnte mich noch ganz genau an den Tag erinnern, an dem ich sie gekauft hatte – ein Regentag.

Die Kisten wurden immer voller und doch packte sie wieder nur ein paar Kleinigkeiten in eine Tasche aus schwerem Segeltuch und sagte »Morgen mach ich weiter«, kam aber erst am übernächsten Tag wieder. »Du Querulantin, sieh zu, dass du endlich fertig wirst«, fuhr ich sie an, sie räumte jetzt kleine Kajalstifte, Gesichtscremes und Flakons zusammen, das Badezimmer – nicht zu fassen – war eine jämmerlich nackte Wunde ohne ihre Tuben und Tiegel. Ich schaltete das Radio ein. Rallis war gerade mit wenigen Stimmen Vorsprung zum Parteivorsitzenden gewählt worden, »Averoff hat verloren«, sagte das apolitischste Geschöpf der Welt und ließ mir den Schlüssel da.

Vierzehn Tage lang hatte sie ihr Zeug eingesammelt, ich hatte keine Ahnung, mit wem sie sich traf, wohin sie ging, was sie dachte. Und was den Hund anging, schien es, als hätte sie schweigend zugestimmt, dass er bei mir blieb, sie sagte jedenfalls nichts mehr dazu. Als es endlich soweit war, küsste sie mich auf die Wange, als wäre ich ihr Onkel. Ich weiß nicht mehr, welche wohlwollenden Abschiedsworte ich stammelte, und kurz bevor sie aus der Tür ging, hielt ich sie zurück und sagte: »Also gut, wie du willst, du kannst sie behalten«; und Ariadne, als hätte sie verstanden, wedelte mit dem Schwanz und schaute mich an, »Behalt du sie«, wiederholte ich und versuchte damit, meine Angst vor dem leeren Haus zu kaschieren. Die Frau meines Lebens trat über die Schwelle, die Leine locker in der Hand, nichts von meiner verzweifelten Taktik ahnend: Ariadnes Faden würde mich noch viele Jahre mit ihr verbinden, der ich die Tür gewiesen hatte.

35

Wer war *Bendicò*? Der Molosser von Don Fabrizio in *Il Gattopardo* – Giuseppe Tomasi di Lampedusas Roman. Und Don Fabrizio, der Fürst von Salina? Oberhaupt einer der mächtigsten sizilianischen Familien, elegant und blasiert, doch als Garibaldi die Staaten der italienischen Halbinsel unter dem Zepter des neuen Königs vereint, bereits müde und altersweise. Der Roman beginnt mit Bendicò, als der Molosser im ersten Kapitel nach der üblichen Frühandacht im Zimmer des Fürsten erscheint. Mit ihm wird die Erzählung in der letzten Zeile des Buches auch enden.

Bendicò flaniert über die Seiten des gesamten Werkes, verübt harmlose Streiche, gräbt die Beete um »und guckt dann, als würde er für die vierzehn zerstörten Nelken, die entwurzelte Hecke und die kleine verstopfte Rinne ein Lob erwarten.« Er folgt dem Fürsten wie ein Schatten, die beiden führen stumme Zwiegespräche, tauschen Gedanken aus oder schweigen. Die Erzählperspektive ist personal, doch die Handlung basiert auf dem Leben des Autors. Don Fabrizio weiß die Zeichen der neuen Zeit zu deuten. Gelassen nimmt er es hin – ein Adliger, der die Habgier verachtet –, die Privilegien des Feudaladels im Besitz einer neuen Schicht zu sehen. Den Untergang beklagt er mit weisem, erlösendem Gleichmut: »Wir waren die Löwen. Unsere Nachfolger sind die Schakale, die Hyänen. Doch wir alle,

Löwen, Schakale und Schafe, werden uns selbst weiterhin für das Salz der Erde halten.«

Seine Figur steht im Zentrum des Romans. Selten wird auf Fiktives zurückgegriffen. Auf den letzten Seiten liegt der betagte Held krank und dem Tode geweiht in einem Hotel in Palermo. Von der Straße tönt eine Drehorgel herauf, sie spielt etwas aus *Lucia di Lammermoor.* Er bildet sich ein, dass in diesem Moment womöglich in ganz Italien »Tausende, die im Sterben liegen, diese mechanische Musik durch ihre Fenster mit Bitterkeit hören.« Als würde er tief in seinen Erinnerungen Zuflucht finden wollen, denkt er an seine Hunde, die treuen Gefährten seiner Kindertage: *Fufi* und *Tom,* den stürmischen Pudel, ergeben und liebevoll, sowie *Svelto* mit den folgsamen Augen. Und auch an *Pops,* den Pointer mit den weichen Pfoten, den er in diesem Moment, wäre er noch am Leben, so gerne zwischen den Sträuchern oder unter den Sesseln des Landhauses suchen würde.

Der Roman erzählt den Moment, in dem eine jahrhundertealte strenge Hierarchie im Begriff ist, für immer zu verschwinden. Sogar die neue italienische Flagge, die den Platz jener der Bourbonen einnimmt (drei Lilien auf goldenem Hintergrund), erscheint Don Fabrizio wie ein grobes, grellfarbenes Feuerwerk. »Er spürte, dass sich seine Hand nicht mehr zur Faust ballen ließ. Jemand maß ihm den Puls. Ein Häuflein fremder Personen umgab ihn.«

Und Bendicò? Was ist aus Bendicò, dem Protagonisten, geworden? Wie so oft nach Todesfällen entschloss sich die Tochter eines Tages dazu, bestimmte Gegenstände auszumustern. Darunter befand sich auch der ausgestopfte Hund, der bittere Erinnerungen in ihr weckte. »›Dieser Hund ist ein einziges Mottennest‹, sagte sie. ›Werft ihn einfach weg!‹ Sie schafften ihn aus dem Zimmer. Seine Glasaugen starrten sie mit dem vorwurfsvollen und erniedrigten Blick abgewiesener Dinge an. Er wurde in die Ecke des Hofes geworfen, an der ein Müllmann täglich vorbeikam. Als er aus dem Fenster fiel, hatte er seinen letzten Auftritt. Ein Vierbeiner mit langen Schnurrhaaren, die vordere rechte Pfote angehoben, schien in der Luft zu tanzen. Danach fand alles wieder seinen Frieden, reglos, in einer lautlosen Schicht aus grauem Staub.«

36

Aristoteles und ich kamen abends aus Piräus. 1955, das Schiff hieß *Elsi*. Formalitäten auf der Gendarmeriestation und, noch am selben Abend, Einkehr im Hotel *Zur Küste*, einem flachen, länglichen Bau, sechs Meter vom Strand. Es sind vor allem die Einzelheiten, die die Vergangenheit bewahren. Wir lernten eine dreiköpfige Familie kennen, auch sie hatten Rumänien soeben verlassen. Im Erdgeschoss war ein Kafenío, die Hotelzimmer befanden sich auf der ersten Etage. Nach meiner Zeit in Frankreich bin ich nicht wieder dort gewesen, kann mich aber noch an den Ort erinnern, als hätte ich ihn am Schreibtisch entworfen.

Im Sommer wurden abends Oktopus und Fisch gebraten. Von unserem Balkon aus konnte ich den Hof sehen, das Grammophon, das ununterbrochen spielte, den Wirt mit seinen üppig beringten Fingern und *Kyriakos*, einen wohlproportionierten Dalmatiner, der sich zwischen den Tischen bewegte. Was für ein schmerzlicher Zufall, dieser Hund! Unserem bis aufs Haar gleichend, sogar sein Blick. Nur das Fleckenmuster war ein wenig anders. Es war, als stünde er direkt neben uns. Er beschnupperte uns voll ruhiger Neugier, wenn wir die Innentreppe herabkamen, rannte zum Strand, sobald ein Fischerboot einlief oder schaute still einem Gast in die Augen.

Constanţa, Konstantinopel, Athen. Wir gehörten zu den ersten, die sich niederließen. Kaum etwas hatten wir mitnehmen können. Wie gerne hätte ich einige meiner Arbeiten bei mir gehabt, besonders die Pläne eines Einkaufszentrums in Ploieşti, die ich nie wiederfinden sollte. Sieben Monate blieben wir auf der Insel. Aus Paris habe ich so viele Gesichter vergessen, während ich mich noch lebhaft an das Grammophon, den Wirt und die Gäste, die sich am Nachmittag dort einfanden, erinnere und Ihnen nun davon erzähle.

Aristoteles auffälliges Verhalten begann '63 in Frankreich. Alle seine Gedanken finde er in den Texten anderer wieder, behauptete er, sogar Axelos, der Philosoph, stehle ihm seine Ideen, selbst seine Aphorismen habe er übernommen: »Mangels verbindlicher Antworten im Leben dürfen wir Fragen stellen bis ins Unendliche.« Er beanspruchte die Urheberschaft, er habe dies in seiner *Coupole* geschrieben, beharrte er. Am Ende spitzte sich alles zu, er verlor vollkommen das Interesse an seiner Arbeit – abgesehen von den paar wenigen Versen, die er unterwegs im Stehen hinkritzelte.

Eines Abends beim Dinner – es war Karneval '64 – schlug er der Gesellschaft vor, eine alte Schellackplatte anzuhören. Sie war in den 50ern mit uns gereist, inzwischen hatte er sie auf Tonband überspielt – eines der wenigen Dinge, die wir mitgebracht hatten. Eine Live-Aufnahme aus dem Jahre 1939, Schumanns Klavierkonzert. Noch vor wenigen Jahren besaß ich die Originalhülle, einen stark ramponierten Papierumschlag. Während des Kopfsatzes, als alle atemlos zuhörten, musste sein Vater zweimal husten. Er saß ganz vorne, und natürlich wurde auch sein Husten aufgenommen. Unter Aristoteles Gedichten findet sich eines, das sich auf den Vorfall bezieht: *Ode an einen unsterblichen Husten.* Mehr als seine poetische Qualität fasziniert mich dabei die Idee des Überdauerns, das Geschenk einer gewonnenen Gegenwart: »... und was wir gewesen, unversehrt, in ewiger Ruhe bewahrt, als hätte es ein Gott genau dort angehalten.«

37

Im Palazzo Mauro de André wurde am 23. Juli Beethovens *Neunte* gegeben. Das Ravenna Festival 2000: der Chor der Mailänder Scala und das Symphonieorchester des Moskauer Bolschoi-Theaters unter der Leitung von Riccardo Muti. Auf dem Parkplatz Hochbetrieb – junge Menschen, Schaulustige aus benachbarten Städten, mondänes Publikum mittleren Alters im Glanz seiner gesellschaftlichen Stellung (zu dieser Zeit kamen die riesigen Armbanduhren in Mode). Der Chauffeur des großen Lancia neben uns (braungebrannt – es war ihm gelungen, seinem Chef recht ähnlich zu sein) öffnete die Wagentür und sie stieg aus – beinahe schwebend auf filigranen Absätzen, ihr Begleiter hatte bereits sein Jackett angezogen.

Unsere Sitzplätze befanden sich im Seitenrang auf Höhe des Orchesters. Kurz vor dem Beginn eilte ich hinunter, um meinen Fotoapparat zu holen, den ich im Auto vergessen hatte. Es wurde allmählich dunkel. Hinter der Windschutzscheibe blinkte das blaue Lämpchen. Er muss die ganze Zeit warten, dachte ich, als ich den Fahrer an die Motorhaube angelehnt sah. Ich war vermutlich die unverhoffte Gelegenheit für ein kurzes Gespräch, und in der Tat fragte er mich sofort, ob ich wisse, wie lange das Konzert dauere. (Genauer gesagt fragte er: »Um wie viel Uhr ist das Ganze da drin denn vorbei?«)

Später am Abend notierte ich mir die Episode auf dem Parkplatz und schwankte zwischen zwei Titeln:

Der Mann, dem die Neunte nichts bedeutete und *Wie lange dauert eine Neunte* (mit Fragezeichen). Jedenfalls stand seine hilflose Langeweile im Mittelpunkt, sein Kampf gegen die Leere, die Ungewissheit, wann er nach Hause käme und wie lange er noch gegenüber den beleuchteten Bannern mit Beethoven und Muti stehen oder wie oft er die Radiosender wechseln würde.

Auf dem Rücksitz lag ein Molosser mit glänzendem, bleifarbenem Fell, die Lässigkeit selbst, nahezu komatös. Solange ich vorgab, die Dauer des Konzerts zu überschlagen, schaute er mich durch das halboffene Fenster an. Seine Haltung zeugte von allgemeiner Unwilligkeit und minimaler Neugier – ein Zustand, der wohl anhalten mochte, bis er irgendwann gewahr würde, dass unter den schließlich herausströmenden Menschen auch jene zwei erschienen, auf die er wartete. Dann, stellte ich mir vor, würde er sich zu einem geschwinden Sprung auf den Beifahrersitz entschließen, just bevor sie ihre Plätze im Fond einnähmen, dabei unwillkürlich, wie es uns oft mit der Musik ergeht, die Melodie der *Ode an die Freude* summend.

38

Seine Person, all das, was er mir verdankte, und sein berechnendes Schweigen trieben mich nicht mehr um. Jahrelang hatte er in seiner Zeitung und in seiner Sendung alles verschwiegen, was von mir kam. Das ist schließlich der einfachste Weg, alte Schulden und gewährte Starthilfen zu verdrängen. Womöglich besitze ich noch ein Manuskript von ihm, eine Gedichtsammlung, aus der schließlich ein einziges nettes Gedicht von siebzehn Versen wurde.

Und später, beim Verleger für sein erstes Buch, Kontakte, die bis heute für ihn wichtig sind, Fernreisen, kleine Abenteuer, all das habe ich ihm ermöglicht. Ich weiß nicht mehr, wer das gesagt hat, aber ja, »wir haben keinerlei Kontrolle über unsere Gefühle, der Wohltat begegnen wir mit Verachtung.« Seltsamerweise waren wir auf Facebook noch befreundet; auch dort ignorierte er alle meine Posts.

Daraufhin habe ich ihn gelöscht und kam auf den Gedanken, mit einem falschen Profil zu spielen. Und weil er einen Cocker Spaniel in seinem Titelbild hatte, nahm ich für meine neue Seite einen Jagdhund. Ich, ein Hundeliebhaber! Der einen Hund in fünfzig Metern Entfernung sieht und die Straßenseite wechselt. Nie hat mich diese unterwürfige Beziehung gereizt, und selbst den ach so großartigen Geruchssinn dieses Tieres halte ich für abstoßend und überbewertet. Zwei Tage später kam die Freundschaftsanfrage. Ich habe sie angenommen.

»Haben Sie einen Cocker?«, fragte ich ihn.

»Ja, *Cordelia*, man hat sie mir vor drei Jahren aus England mitgebracht.«

»Zu welchem Tierarzt gehen Sie?«

»Zu einer Tierärztin in Metz, einer passionierten Literaturliebhaberin.«

Von da an kommentierte er jeden Gedanken, den ich postete, und bestätigte somit meine alte Überzeugung, dass der Name des Autors der wahre Gegenstand jeder Kritik ist. »Ihre Schreibweise: stilistisch vollkommen, ohne den Inhalt zu bedrohen. Bestimmt sind Sie Schriftsteller! Haben Sie schon etwas veröffentlicht?«, fragte er mich.

Nach so vielen Jahren neigte er immer noch zur Übertreibung. Ich postete Nachdichtungen von Czesław Miłosz. Wenige Stunden später erreichte mich sein Urteil. An einem Sonntag stellte ich einen Text über *Die Dame mit dem Hündchen* ein. Am selben Abend kommentierte er: »Sehr feinfühlig Ihre Schilderung von Gurov, als er seine Tochter zur Schule begleitet und ihr die Wetterphänomene erklärt und unter welchen Voraussetzungen es schneit. Sein Besuch bei Anna Sergejewna. Zurecht weisen Sie darauf hin, dass wir den Namen der Dame kennen, während der weiße Zwergspitz anonym bleibt, obwohl er den Titel der berühmten Erzählung mit ihr teilt. Ich stimme Ihnen auch darin zu, dass ›der so diffamierte Realismus mühelos gute Manieren und schwankende Stimmungen wiedergeben kann‹. Wir sollten uns einmal persönlich kennenlernen.«

»Selbstverständlich«, antwortete ich, ohne zu zögern. »Ich schlage einen Spaziergang am kommenden Sonntag vor, mit den Hunden, unseren gemeinsamen Interessen und all den Überraschungen, die diese Art von Begegnungen mit sich bringen. Ich freue mich auf Ihre Nachricht«, fügte ich hinzu, fest davon überzeugt, dass auch die gehässigste Farce unserem guten Stil angemessen sein muss.

39

Drei Frauen mit kleinen Hunden auf der Veranda. Ein Ferienort am Meer. Alle drei, Gäste seit Jahren, anders gesagt: umgeben von einem eleganten Mysterium. Die eine, die Augen von dunklen Schatten umrahmt, raucht Zigaretten mit einem Korkmundstück.

Sie sitzen zwischen Kübelpflanzen. Die Raucherin schildert, wie ihr Koffer im letzten Moment vor der Abreise nicht schließen wollte, und bekommt Antworten wie: »Im Urlaub ist ein Koffer, der nicht schließen will, noch das heiterste Problem.« Die andere entschuldigt sich, nachdem ihr Hund auf ein fremdes Kind losgegangen ist, bei der aufgeregten Mutter auf Französisch: »C'était plus fort que moi.«

Sie unterhalten sich über das Verhalten ihrer Tiere, deren physiologische Gemeinsamkeiten, die Art, wie sie sich schütteln, wenn sie nass werden, wie sie den Kopf zur Seite neigen, wenn sie einen Knochen aufzubeißen versuchen, oder wie sie ihre Hinterlassenschaft zuscharren, ohne sich um das Ergebnis zu kümmern. Die Dame mit dem Koffer fügt dann noch ungefähr das Folgende hinzu: »Blindes Graben ist ein Zeichen instinktiver Bewegung.«

Erloschene Gespräche, wie sprechende Münder in einem unterbelichteten Stummfilm. Aus völlig anderen Gedächtnisecken taucht ein späteres Ereignis auf. An einem Sommernachmittag erblicken wir von einem Hügel in Fiesole die grüne Ebene, die sich bis Florenz erstreckt. Am Eingang des Parks hat jemand eine wütende Warnung aufgestellt: Ein aufrechtstehendes Schwein hält einen Hund an der Leine, der sein Geschäft auf dem Weg hinterlässt. Ende des Exkurses.

Rekonstruktion jenes Nachmittags, der ein halbes Jahrhundert zurückliegt. Die Veranda, das Gespräch, das die drei (?) kleinen Hunde von der Hitze erschöpft verfolgten, hechelnd und mit heraushängenden Zungen. Haben die verlorenen Geister, die sie hielten, überhaupt noch etwas mit meiner Erinnerung zu tun? Wer sind sie gewesen? Kannten sie jemanden aus dem inzwischen abwesenden Ensemble meiner Familie? Wäre das akribisch geführte Tagebuch meiner Tante erhalten geblieben, hätte es alle Informationen über den abhanden gekommenen Tag liefern können. Mithilfe der Zeitung könnte ich daraufhin Temperatur und Luftfeuchtigkeit verifizieren. Werbung für Elektrogeräte, Waschmittel und Sommerkleidung würden eine rudimentäre Lebenskulisse bilden, den Fahrplänen würde ich die Abfahrt des Schiffes entnehmen, welche wegen des »nicht verschließbaren Koffers« beinah unterblieben wäre.

Doch nun: keine Hilfe mehr. Die zurückliegenden Ereignisse sind eine höchst subjektive Welt, Sequenzen aus vagen Bildern, Lücken und unendlich vielen Fehlern. Ein Automat, der das Produkt nicht hergibt, so oft du auch auf ihn einschlägst, und auch das Restgeld nicht wieder ausspuckt. Ein Fazit über dieses Stückchen Vergangenheit wird es wohl nie geben. Es bleibt die Vermutung seiner selbst, eine Studie der Leere.

40

Leine und Halsband hatte ich bereits gekauft. Ich sehnte mich so sehr nach einem Kameraden. In unserem Umfeld tauchten ständig kleine und große Hunde auf und ich las die ganze Zeit von unglaublichen Heldentaten oder sah Filme über die innigsten Freundschaften zwischen Kindern und Schäferhunden in der amerikanischen Provinz. Auf einmal war der Hof eines Nachbarn voller Welpen, die nach wenigen Wochen verschwanden. Was wohl mit ihnen geschah? Anfangs sahen sie wie kleine Bälle aus, lagen nur rund um einen Bauch, dann nahmen sie die bekannte Gestalt an und alsbald waren sie schon verschenkt und für immer verschwunden.

Du hattest mir aber einen versprochen, also fuhren wir zu einem großen Bauernhof, der Bauer zeigte uns ausgiebig seine Obstbäume, all die verschiedenen Früchte; dieses Jahr habe es rote Spinnmilben und Wollschildläuse gegeben, erläuterte er, am längsten verweilte er bei dem Vortrag über irgendwelche Erfindungen für seine Hühnerställe. Du brachtest maßlose Bewunderung dafür zum Ausdruck (»Wie da die Nahrung so ganz automatisch herauskommt! Was für ein Wunder, dass Sie keine Arbeiter dafür beschäftigen müssen!«), erst danach durften wir uns die Welpen ansehen, aneinandergeschmiegt, mit hellblauen Augen und ohne Verstand, nach ein paar Monaten würden sie ausgewachsen sein, hingebungsvoll in ihrer Freundschaft.

Ich weiß nicht mehr, warum wir den einen, der uns am besten gefallen hatte, nicht genommen haben (er hatte einen schwarzen Schwanz mit weißer Spitze) und auch nicht im Jahr darauf den Hund des Notars, eines passionierten Jägers – eine Kreuzung aus Bordeauxdogge und Pointer. Er war klein, aber wir hätten ihn erziehen können. »Und wenn du mich später besuchen kommst«, sagtest du zu mir, »wirst du ihn hier wiederfinden, einen müden Greis mit weißer Schnauze, träge in seinen Gefühlsäußerungen.«

Gab es keinen Hund im Angebot, sprachen wir allgemein über Kameradschaft. Es war der Sommer, als Mutter uns verließ und nach Kanada ging, und ich dir versicherte, um meine Gefühle zu verbergen, sie doch in allem ersetzen zu können, die einzige Schwierigkeit werde sein, Plisseeröcke zu bügeln, sagte ich, du hast zärtlich gelacht, das weiß ich noch, und mir das Buch geschenkt, das meine Schulkameraden gerade lasen, *Weißzahn, der Wolfshund* von Jack London (eine Kreuzung aus Hund und Alaska-Wolf), ein wirklich geschicktes und tapferes Tier, ich war froh, ihn bei mir zu spüren, sagte ich dir, und hätte ich ihn wirklich gebraucht, könnte ich dich ja fragen – wie der kranke Toulouse-Lautrec einst seinen Vater gebeten hatte, seine *Pamela* ins Hospital zu bringen – und so vergingen die Jahre (die Schule, der Alltag in der Provinz, deine Versetzungen am Ende jeden Schuljahres). Keine Enttäuschung. Die Sehnsucht hatte sich freundlich in unser Leben gefügt, wie bei jener antiken Marmorstatue eines Hundes, von dem nur die Sohle des rechten Fußes erhalten ist. Die Darstellung des Nicht-Vorhandenen.

Ich wäre mit ihm in tiefer Verbundenheit groß geworden, bis wir ihn eines Nachts mit Taschenlampen im nahegelegenen Wald hastig begraben hätten. Danach würde ich nie mehr von ihm sprechen, außer wenn meine Kinder beim Ansehen der Familienfotos Fragen stellten (»Wo bist du hier, Mama?«, »Wie hieß er denn?«). Die alten Wunden lassen uns niemals los. Ab und an, wenn ich barfuß durch die dunklen Zimmer gehe, überrascht mich ein plötzliches Gefühl von Wärme auf dem kalten Fußboden. Ich spüre, dass ein großer Hund an dieser Stelle gelegen haben muss. Dass er stunden- oder jahrelang dort friedlich schlief, bevor er aufbrach, um sich einen anderen, ruhigeren Platz zu suchen.

41

Am 3. Juli 1958 reiste ein älterer Herr – ruhevoll und soigniert wie manche Menschen aus längst vergangenen Tagen – auf eine ägäische Insel in die Sommerfrische. Frühmorgens und am späten Nachmittag saß er zumeist mit einem Buch unter einem mächtigen Sonnenschirm im letzten Kafenío der Hafenpromenade, gelegentlich unterstrich er sich einen Satz mit einem kurzen Holzbleistift. Er war groß, hatte ein rötliches Gesicht und hellblaue Augen und wurde stets von *Stendhal* begleitet, einem Hund mit schwarzem Fell, das von ungleichmäßigen braunen Flecken durchsetzt war.

Bei Stendhal dominierten äußerlich die Merkmale eines Pitbulls, doch er war zahm und sanft wie ein Lamm. Schon bald bewies er eine gute Spürnase für die Gerüche des Hotels und wusste sowohl die Kellner der Strandlokale zu unterscheiden als auch den Duft von Fichte und Glockenheide im Honig, der zum Frühstück serviert wurde. Gleich in den ersten Tagen seines Aufenthalts lernte der ältere Herr die Eltern eines kleinen Jungen kennen, sie spazierten gemeinsam die Promenade entlang, doch mit der Zeit entstand zwischen dem Kind und ihm eine ganz eigene Verbundenheit, die vor allem auf dem Nacherzählen bedeutender Bücher beruhte.

Am Morgen des 13. Juli etwa – man saß wie immer im Kafenío am Ende der Promenade – ließ Don José, der verliebte Dragonerleutnant, eine Zigeunerin namens Carmen entkommen, anstatt sie wegen eines schwerwiegenden Vergehens festzunehmen. Ihr zuliebe wurde er zum Schmuggler, doch als sie ihm einen Stierkämpfer vorzog, tötete er sie, blind vor Eifersucht.

Zwei Tage später erfuhr Hans Castorp, ein junger Patriziersohn aus Hamburg, der seinen lungenkranken Cousin in einem Sanatorium in Davos besuchte, dass er an derselben Krankheit litt. Ganze sieben Jahre blieb er dort – es war zu Anfang des letzten Jahrhunderts – fasziniert vom kosmopolitischen Mikrokosmos des Sanatoriums und insbesondere von zwei herausragenden Intellektuellen und passionierten Disputanten, dem einen mit aufklärerischen und dem anderen mit romantischen Ideen.

Zuweilen trottete Stendhal etwas gelangweilt davon, in Richtung des gepflasterten Kais. Da er den Erzählungen stundenlang zugehört hatte, ließ sich keineswegs ausschließen, dass er inzwischen die kurzen, einfacheren Namen erkennen konnte, den des berühmten Swann zum Beispiel (»der eine wunderschöne Kokotte heiratete und zum Sinnbild literarischer Eifersucht wurde«) oder den des charmanten und ehrgeizigen Theologiestudenten aus Verrières, der in Madame de Rênal, der Gattin des Bürgermeisters, eine abgründige Leidenschaft geweckt hatte (*Rot und Schwarz*). Von ihm sprach der Erzähler viel häufiger als von den anderen Helden, auf eine Art, die ein besonderes Interesse verriet – nicht selten zog er dabei eine Augenbraue hoch, bis über den Rand der Brille.

Der Skandal sei in der kleinen Stadt schnell ruchbar geworden. Man habe sich gezwungen gesehen, ihn in ein Kloster nach Besançon abzuschieben, wo er aber das Wohlwollen des Abtes gewinnen konnte. Von dort sei er dann nach Paris geschickt worden, als Sekretär des Marquis de la Mole. Es habe nicht lange gedauert, bis dessen Tochter Mathilde mit der Frucht ihrer Liebe schwanger war, doch der Vater habe dem jungen Mann vorsorglich – mit Blick auf die Eheschließung – einen Adelstitel gesichert.

Die Welt voller Verschwörungen, List und Lust besaß eine unerschöpfliche Vielfalt. Ein Buch folgte dem anderen, zahllose Erzählungen, die bald zu einer einzigen unendlichen Geschichte wurden. »Wozu brauchen wir denn so viele Bücher?«, fragte der Junge einmal. »Zu nichts«, erwiderte der ältere Herr nach kurzer Überlegung, »sie sind Szenarien ihrer selbst.«

So verging die Zeit, bis eines Tages (der September war nicht mehr weit) der Bibliosaurier verkündete, er sei im Begriff, nach Athen zurückzureisen. Am Kai wurde die schwere Gangway zum Heck gezogen. Der Junge stellte sich an die Seite, streichelte eine Weile Stendhal, der ahnungslos dreinblickte, und grüßte verlegen seinen Freund zum Abschied. Auch seine Eltern verabschiedeten sich, murmelten etwas vom Winter in der Provinz. Er ließ den Träger mit den Koffern vorgehen und folgte schließlich einem jungen katholischen Pfarrer mit feinen Gesichtszügen, fast noch ein Knabe, der die steile Gangway hinauflief. Im selben Augenblick zeigte der örtliche Gemeindepfarrer auf den Hund und rief ihm lächelnd zu »Un chien peut bien regarder un évêque«, während zwei junge Nonnen mit weißen, voluminösen Cornettes ihm zuwinkten.

Der Junge, der den älteren Herrn nie wiedersehen (und in Zukunft auch nichts mehr von ihm hören) würde, blickte den jungen Pfarrer an und begann, mit dem Mund Buchstaben für Buchstaben – wie ein Schüler, der zögerlich etwas schreibt – den Namen des Theologiestudenten zu formen, jenes Liebeshelden, der ein unrühmliches Ende unter der Guillotine gefunden hatte. Und als Abschiedsgruß, verständlich nur für ihn und seinen Freund, der kurz darauf im Gedränge an Deck verschwinden würde, flüsterte er in Gedanken seine geistreiche Assoziation: »*Julien Sorel.*«

42

An den meisten Tagen im Jahr ist der Himmel über unserer Stadt strahlend blau. Sobald jedoch der Herbst kommt, ist es nicht selten bewölkt. Cirrus-, Cirrostratus- und riesige weiße Cumuluswolken dichter Konsistenz ziehen dann von Norden her auf (sie halten inne und »starren einander an wie Geschwister«, wie es in einem Vers von Montale heißt), bis sie irgendwann ihre Form ändern – eine Entwicklung, der niemand mehr Beachtung schenkt.

Eine solche Gleichgültigkeit wäre früher undenkbar gewesen, als einige Bewohner unserer Stadt, von einer merkwürdigen Mode getrieben, systematisch all jene Wolken fotografierten, die eine Form angenommen hatten – oder dabei waren, eine anzunehmen –, die sie an etwas Bestimmtes erinnerte (weswegen ich zum ersten Mal dort Fotografen rücklings auf dem Boden liegen gesehen hatte, Jahrzehnte bevor ich ihnen in der Sixtinischen Kapelle begegnete, wo sie Michelangelos Deckenmalerei ins Visier nahmen). Unsere Mitbürger erwarteten gespannt die seltenen Ausformungen am Himmel.

Einmal wurde eine Wolke fotografiert, die eine bemerkenswerte Ähnlichkeit mit dem Profil des Apothekers an der Platía hatte (die Nase, das abstehende Haar, die hängende Unterlippe). Ein andermal hatte sich eine gekrümmte Figur gebildet, in der viele die Putzfrau vom Kreiskrankenhaus wiedererkannten. Am 6. Dezember 1959 wurde in einer Cumuluswolke (einer für plastische Formen besonders geeigneten Wolkengattung) der gewaltige Sprung eines Hundes erkannt. Nur eine bewusste Absicht konnte doch solche Formentreue hervorbringen! Vergeblich sprach ein lokaler Gelehrter von Einbildung und wies auf Hamlets Dialog mit Polonius hin (»Seht Ihr die Wolke dort, beinah in Gestalt eines Kamels?« »Beim Himmel, sie sieht auch wirklich aus wie ein Kamel.« »Mich dünkt, sie sieht aus wie ein Wiesel.« »Ja, sie sieht aus wie ein Wiesel.«).

Fotografiert vom Bürgermeister höchstpersönlich, einem Amateur mit bemerkenswerten Leistungen, wurde der Wolkenhund zunächst in der Athener Presse unter dem Titel *Himmlisches Tempo* veröffentlicht und später im Sitzungssaal des Stadtrates aufgehängt (wo er sich noch heute befindet), zwischen den Ölporträts ehemaliger Bürgermeister. Es ist allgemein bekannt: In den Rathäusern der Welt ist der Porträtsaal ein Ort der Tristesse, der die Aura des Vergänglichen atmet. Die Bürgermeister, die Mode des 19. und des beginnenden 20. Jahrhunderts, die Koteletten und die Vatermörder bilden eine informelle Chronik der allzu schnell verflossenen Zeit, die uns aus ferner Tiefe anblickt. Ob wir wollen oder nicht, in solchen Galerien lauschen wir den verebbenden Schritten.

Nur in unserer Stadt nicht. Zwischen den Erwählten des Volkes ist der Hund im Eichenholzrahmen ein Anblick, der die Bedrohlichkeit lindert. Die Besucher verlassen den Raum mit einem breiten Lächeln. Der tiergestaltige Wasserdampf fügt sich in unsere Gegenwart, lässt vergessen, wofür die Jahreszahlen auf den Metallschildchen der Porträts stehen. »Ob er einem Hasen nachläuft, der Haken schlagend zu entkommen versucht«, steht im jüngst erschienenen Stadtführer, »oder nach einem Stock springt, den sein Ausbilder geworfen hat, der Sprung des *Himmlischen Hundes* (die Beine gestreckt, in einer Linie mit dem Körper) feiert Freiheit und Humor. Durch und durch lebendig. Kaum gelingt es dem Rahmen, den gewaltigen Sprung in Grenzen zu halten.«

43

»Giacomettis bronzener Hund«, bekundet Jean Genet, »ist wunderbar. Er war noch schöner, als sein merkwürdiges Material – Gips, vermengte Schnüre oder Werg – sich zerfaserte. Die Biegung seiner Vorderpfote, deren Gliederung nicht besonders gezeichnet, aber doch spürbar, ist so schön, dass sie allein über den geschmeidigen Gang des Hundes entscheidet. Denn er streift schnuppernd umher, die Nase auf der Erde. Er ist mager.«

Es folgt Giacomettis eigener Kommentar, eine Art erklärender Kritik: »Das bin ich. Eines Tages habe ich mich so auf der Straße gesehen. Ich war der Hund. Wenn er auch zuerst als Sinnbild des Elends und der Einsamkeit gedacht war, so scheint mir, dass dieser Hund wie ein harmonischer Schnörkel gezeichnet ist, die Biegung des Rückgrates entspricht der Biegung der Pfote, aber dieser Schnörkel ist auch die erhabene Verherrlichung der Einsamkeit.« Ende des Abschnitts, kleine Pause.

Was wir gerade gelesen haben (Jean Genet, *L'Atelier d'Alberto Giacometti*), bliebe bloßer Kommentar, reine Beschreibung und Interpretation der Form, wenn es nicht Anlass für etwas viel Grundlegenderes lieferte: die Einordnung des Einsamen in die Einsamkeit und insbesondere deren Lobpreisung, einen Zustand, in dem jemand die Anamnese einer edlen Größe beleuchtet. »Die Einsamkeit, wie ich sie verstehe, bedeutet keinen elenden Zustand, sondern eher geheime Königswürde, tiefe Unvermittelbarkeit, aber mehr oder weniger dunkles Wissen um eine ungreifbare Einzigartigkeit.«

44

Der Verein erwarb zwei wertvolle Morgen Land. Mit Spenden, ehrenamtlichem Engagement, später sogar mit europäischen Mitteln wurde die bekannte Heimstatt errichtet. Im zweiten Jahr konnten wir jemanden fest anstellen, einen ehemaligen Imker, unermüdlich bei der Arbeit. Wir nahmen ausgesetzte oder kranke Tiere auf, die gepflegt werden mussten, bevor sie ein dauerhaftes Obdach bekommen konnten. Unsere Inserate stellten wir ins Netz – immer mit Fotos.

Eine junge Reiseleiterin hatte die Öffentlichkeitsarbeit übernommen. Sie wusste, wie man bei den Lesern Interesse weckt, wie man jene erreicht, die die Rettung eines Tieres zu ihrer Aufgabe machen. Über die Verkrüppelten, die Dreifüßigen und die Blinden sagte sie zum Beispiel: »Der moralische Gewinn wird die Kosten einer solchen Adoption mehr als ausgleichen.« Das Tier niemals im Profil. Der Blick frontal auf den Leser der Annonce gerichtet. Sogar durchs Gitter sieht das verlassene Tier dem Betrachter immer in die Augen.

Unser größtes Problem war die Bilanz der Zu- und Abgänge. Gerade einmal jeden zehnten Neuankömmling konnten wir auch zur Adoption vermitteln. Wir bauten große Holzkäfige, erhöhten die Ausgaben für den Tierarzt, die Arzneien und die Nahrung. Die Reiseleiterin brachte auch hier neue Ideen ein. Sie unterhielt sich öfter mit den Touristen über die Hunde, die im Schatten der antiken Tempel oder in den Museumseingängen schliefen, und erfuhr auf diese Weise einiges über Tieradoption in Nordeuropa.

Wir starteten eine erste Kooperation mit Düsseldorf. Innerhalb von drei Jahren konnten wir sechzehn gesunde Tiere abgeben. Oft folgte eine bewegende E-Mail oder wir bekamen Fotos von den Hunden in ihrem neuen Zuhause geschickt. Der Bewohner des Käfigs mit der Nummer zwölf, der *Zwölf*, wie wir ihn nannten, eine seltene Kreuzung aus Labrador und Collie, flog am 9. September 2006 nach Düsseldorf. Wir hatten uns angefreundet. Er nahm meine Ankunft wahr, lange bevor ich durch die Absperrung kam, und ich war auch kurz davor, ihn bei mir aufzunehmen, doch meine Eltern waren dagegen. Es dauerte nicht lange bis zu seiner Adoption.

Nach ein paar Monaten bekamen wir fünf Fotos. Herr Felix Kugel, der neue Besitzer, ein fünfzigjähriger Junggeselle, war Elektrotechniker in einer Fabrik, die Glühbirnen herstellte. Zwei Jahre später überraschte er uns mit einer E-Mail: Er habe vor, mit *Zwölf* nach Griechenland zu reisen. August 2008, in Athen herrschte sengende Hitze. Nachmittags stiegen die beiden aus einem schwarzen Mercedes, die Stimme im Navi setzte gerade einen Punkt: »Sie haben Ihr Ziel erreicht.« Gerührt bückte ich mich zu *Zwölf* hinab. Zwei ältere Tiere, bedauerlicherweise lebenslange Heimbewohner, schnüffelten ein wenig an ihm herum. Ich führte den von der Hitze überwältigten Besucher ins Büro. Wir boten ihm Eistee an, er erzählte von seinem Urlaub im Süden Kretas. Wir unterhielten uns lange, wie alte Bekannte, und gingen dann in den Hof. Die Tiere lagen erschöpft und mit heraushängenden Zungen im Schatten der Eukalyptusbäume.

»Wie schön *Zwölf* nun ist, so ein glänzendes Fell!«, sagte unser Imker mit einem eiskalten Bier in der Hand. »Ich habe ihn beobachtet, wie er schnüffelnd das ganze Gelände erkundete. Zielsicher gelangte er zu seinem alten Käfig. Er blieb eine Weile dort, ich glaube, er hat sogar ein wenig geschlafen. ›Raus da, *Zwölf*, du wohnst nicht mehr hier!‹, sagte ich zwei- oder dreimal zu ihm. Er hob den Blick und sah mich reglos an. ›Raus da, *Zwölf!*‹, sagte ich noch einmal. Ich bin mir sicher, er wusste genau, was ich von ihm wollte, er verstand seinen alten Namen und auch das ›Raus da‹, versuchte jedoch bis zum Schluss, beides zu ignorieren.«

45

Die Werke des Symbolismus sind voller Szenen mit Begegnungen zwischen Personen, die einander kurz anschauen und sich im nächsten Augenblick für immer aus den Augen verlieren. Der schnelle Blickkontakt ist eine Obsession der Literatur, die bekanntlich nach Hindernissen und Verleugnungen lechzt: »... o schöne wesenheit / Die mich mit EINEM blicke neu geboren / Kommst du erst wieder in der Ewigkeit?« (Baudelaire); »ihre helle Erscheinung, der schöne Schleier, verschwanden in der Dunkelheit« (Carducci); »welch erregender Anblick, die Frau, die er in der Menge am Bahnhof von Catania flüchtig gesehen hatte, im braunen Reisekleid und mit Handschuhen aus Rehleder« (Tomasi di Lampedusa).

Es gibt jedoch eine Begegnung, in der das Ereignis zu großer Poesie wird: *Einer Vorübergehenden* von Baudelaire. Der berühmte letzte Vers (»Dich hätte ich geliebt, Dich die's erkannt«) ist die geheime Verständigung zweier Augenpaare, die das Flüchtige bedeutungslos macht und die beidseitige Erkenntnis des Verlusts in den Vordergrund treten lässt.

So ging sie eines Nachmittags in der südfranzösischen Stadt M., als ich in Richtung Autobahn fuhr, vor mir über den Zebrastreifen, einen großen Foxhound an der Leine, der gleichen Schrittes neben ihr lief: zwei elegante Gestalten, von denen die eine die reizvolle Bewegung der anderen ergänzte. Unser Blickkontakt hielt kaum eine Sekunde, dann senkte sie geflissentlich die Augen, gab vor, mit dem Hund zu reden. In Gedanken versunken war ich in die falsche Richtung gefahren (hatte anscheinend Schilder übersehen). Ein Verkehrspolizist schickte mich zurück in die mittelalterliche Festung und so fuhr ich den vorherigen Weg noch einmal. Nur wenige Minuten nach unserer »unwiederbringlichen« Begegnung – dem pathetischen »nie wieder« – standen sie vor mir, der Foxhound und sie, die mich kurz zuvor an sich nie wieder kreuzende Wege hatte denken lassen. Ich wurde soeben der literarischen Ehre des Unerfüllten beraubt.

46

Ich lag in meinem Körbchen. Er hatte soeben einen Einfall gehabt und schrieb ihn nieder. Später veränderte er den Satz ein wenig. In den Tagen darauf fügte er etwas hinzu – nicht viel –, erweiterte so seine Notiz. Er benutzt immer Bleistifte, die sich spurlos ausradieren lassen. Wir verstehen einander ohne überflüssige Worte. Er hatte gerade seinen Gedanken in einem Notizbuch festgehalten, endlich in eine akzeptable Form gebracht, er würde nichts mehr daran ändern:

»Was das Reisen und seinen Mythos verwandelt und bereichert hat, ist der Rollkoffer. Die Rädchen tauchten erstmalig vor drei Jahrzehnten auf und haben die Mobilität von der Körperkraft des Reisenden beziehungsweise des Gepäckträgers entkoppelt. Vor allem aber gibt ihr aufdringliches Rattern (lauschen Sie deren Symphonie am Bahnhof, am Gleis einer Metrostation oder in der Halle eines Flughafens) einen Vorgeschmack auf das Getöse beim Abheben eines Flugzeugs und auf die widersprüchlichen Stimmungen, die der Ortswechsel hervorruft: die Vorfreude und die uralte Angst vor der Veränderung. Der Rollkoffer kündigt feierlich die Reise an.«

Reisen ist wichtig, das ist eines der ersten Dinge, die wir bei ihnen lernen. Sie fahren ständig weg, bei jeder Gelegenheit. Einige Jahre später stieß er in einem amerikanischen Roman auf eine Stelle, die seinen Betrachtungen über die Räder sehr ähnelte.

Dasselbe Thema im Grunde, doch wie verschieden näherte sich ihm der andere Schriftsteller: »Eine so simple wie geniale Idee – man fragt sich, wie die Welt ohne sie zurechtkam. Wie konnte das nur so lange dauern? Dreißigtausend Jahre schleppen wir uns ab, schwitzen und schinden uns, wenn wir von einem Ort zum anderen wollen. Muskelschmerzen, Hexenschüsse, Erschöpfung. Räder gab es ja schon. Warum mussten wir bis zum Ende des zwanzigsten Jahrhunderts warten, bis der Rollkoffer endlich erfunden wurde?«

Auch zuvor hatte er Gedanken formuliert, die er später genüsslich in Texten anderer Autoren wiederfand. Um mein Verhalten auf der Straße zu schildern, schrieb er einmal, die Begeisterung des Hundes für Gerüche, die ihn fesseln und seine Fantasie beflügeln, sei eine Kraft, über die er nur Mutmaßungen anstellen könne. Wenn ich Speisereste, Urinspuren und Hundefährten beschnüffle, so sein Gedanke, seien die Suggestivkraft und Fülle an Assoziationen so groß, dass sie mit einem echten Rausch zu vergleichen seien, etwa wie bei einem feinsinnigen Reisenden, der sich in den Ruinen von Pompeji seinen Träumen hingibt.

Einige Jahre später las er wieder etwas Ähnliches: »Kein Wunder, dass der Hund davon überwältigt wird! Besitzt er doch ungefähr 220 Millionen Riechzellen, der Mensch hingegen nur 20 Millionen. Was der Hund erkennt, ist nur seinem Geruchssinn zu verdanken. Heftet er seine Nase voller Begeisterung an etwas, hört alles andere auf zu existieren. Seine Nasenlöcher verwandeln sich in Röhren, die Gerüche aufsaugen, wie ein Staubsauger die winzigen Glasscherben.« Und – analog seinen Gedanken über Pompeji – hieß es weiter: »Nähert sich der Hund einer Mülltonne, verfällt er unter Umständen in eine ähnliche Schwärmerei wie ein Mann, der an einem Frauenhals ihr Parfum wahrnimmt. Der Mensch schlägt eine Zeitung auf, um sich zu informieren. Der Hund schnüffelt an Bäumen, Straßenlaternen und Hydranten, um von den Heldentaten seiner Artgenossen zu lesen.«

Er rivalisiert mit den Texten der anderen. Das Gefühl, seine Originalität werde auf die Probe gestellt, versetzt ihn in Unruhe. »Du siehst, wie nah ich den Ideen des Amerikaners gekommen bin«, sagte er zu mir. »Doch während in meinem Text der Rollkoffer eine lyrische Impression, ein atmosphärisches Passepartout darstellt, war er für ihn der Anlass, dessen Geschichte zu erforschen. Mir fehlt der konkrete Blick. Vergleiche doch mal meine Anmerkungen zum Geruchssinn mit den analytischen Erkenntnissen des anderen. Bei allem, was er beschreibt, von der Physiologie bis zu einzelnen Verhaltensweisen, kommt es mir vor, als verfolgte er deinen täglichen Spaziergang.«

Er hält seinen eigenen sentenziösen Stil für eine Schwäche. »Der Seufzer«, sagte er, »deutet an, doch er erklärt nicht.« Nicht von ungefähr hat er einmal geschrieben, »der Epigrammatiker ist ein unproduktiver Romancier, hinter der Sentenz steckt die Sehnsucht nach dem langen Epos.« Er nahm meine Leine, steckte etwas Geld in seine Manteltasche. Früher wusste ich bei dieser Handbewegung, dass es hinausgeht; heute kann ich es schon an seinem Gesicht ablesen.

Doch manches bleibt mir rätselhaft, selbst nach all den Jahren an seiner Seite. Oft taucht zum Beispiel in seinen Notizen eine Wirklichkeit auf, die gar keine Wirklichkeit ist. Ganz bestürzt las ich einmal zwei von ihm unterstrichene Sätze: »... unser Körper, der schon lange nicht mehr der Natur angehört« und etwas weiter, im selben Sinne: »Wer nur isst des Hungers wegen, ist geistig bereits verurteilt.« Wie befremdlich! Als wäre er gar nicht er selbst, oder als dürfte er es gar nicht sein. Vergeblich versuche ich zu begreifen, wie sich jemand fremd und von der Welt unerwünscht fühlen kann. Welches andere Wesen fühlt sich wie ein Eindringling oder ersinnt Identitäten, die es selbst übertreffen? Was von allem um uns herum ist zugleich auch etwas anderes?

47

Im besagten Roman findet der Hund nur beiläufig Erwähnung, ist eine Art Vorwand, der nur lose mit dem Geschehen verbunden ist. Der Ich-Erzähler spricht von seiner verstorbenen Mutter, die er im Bestattungsinstitut aufgebahrt vor sich sieht, und durchsucht ihre Handtasche – mehr aus »schriftstellerischer Neugier« als aus irgendeinem Gefühl für die Tote. Die letzten Jahre hatte die verwirrte Mutter in einem Pflegeheim zugebracht und ihre Krankheit machte sie für ihren Schriftsteller-Sohn »auf schmerzliche Weise interessant«: »Ich fragte mich ständig, wo das alles herkam und wie das Gehirn diese falsche Realität zustande brachte. Auch konnte ich es ihr jetzt nicht mehr übelnehmen, dass sie nur über sich selbst reden wollte.«

Nach und nach entfaltet sich die Gefühlswelt des »Fremden«, der einen Stoff entdeckt und ihn der subtilen Neugierde des Lesers übergibt. Und siehe da, gerade durch den losen Zusammenhang erscheint der Tod noch einsamer und noch absurder: »Jetzt durchsuchte ich zum ersten Mal die Handtasche meiner Mutter. Von den üblichen Dingen abgesehen, war auch ein Ausschnitt aus dem *Guardian* darin mit einer Liste der fünfundzwanzig größten Cricket-Schlagmänner der Nachkriegszeit [...] sowie ein Foto von *Max*, dem Hund – einem Golden Retriever –, den wir in unserer Kinderzeit hatten. Auf der Rückseite stand in einer mir unbekannten Handschrift: ›*Maxime*: le chien‹; das Bild musste

Anfang der 1950er Jahre von P., einem der französischen Assistenzlehrer meines Vaters, aufgenommen oder zumindest beschriftet worden sein.«

Max fungiert also als Vermittler zwischen dem Leser und der Vergangenheit, er ist der diskrete Schatten, der teilnahmslos die Erzählung durchquert, nützlich aber, um P. schnell in die Geschichte einzuführen: »... ein unbeschwerter Bursche ... er war für ein paar Tage zu uns gezogen, bis er eine eigene Unterkunft gefunden hatte, und blieb am Ende das ganze Jahr. Mein Bruder ging eines Morgens ins Bad und entdeckte dort diesen fremden Mann vor dem Rasierspiegel. ›Wenn du weggehst‹, erklärte ihm das schaumbedeckte Gesicht, ›erzähle ich dir eine Geschichte von Mister Beezy-Weezy.‹ [...]

P. kannte eine ganze Reihe von Abenteuern, die Mister Beezy-Weezy widerfahren waren und an die ich mich alle nicht mehr erinnern kann. P. hatte auch eine künstlerische Ader: Er bastelte Bahnhöfe aus Cornflakespackungen und schenkte meinen Eltern einmal – vielleicht anstelle der Miete – zwei kleine selbstgemalte Landschaften. Sie hingen meine gesamte Kindheit über an der Wand und erschienen mir unglaublich gelungen...«

Und der Hund? Was wurde aus Max? Obgleich nur eine Nebenfigur, gewinnt er an Profil und Bedeutung. Wir denken an ihn mehr als ihm gebührt, verstehen nur zu gut die Kürze seines Auftritts, da wir ja auch, ebenso wie er, oftmals für die anderen nichts als flüchtige Referenzen sind, ohne weitere Attribute und Erläuterungen dazu, wer wir wirklich waren oder was wir getan haben. Nichts weiter über ihn, außer einem vagen Hinweis: »Kurz nach dieser

Aufnahme ist er entweder weggelaufen oder [...] gestohlen worden; wo immer er abgeblieben war, er musste nun schon über vierzig Jahre tot sein.«

48

»Bari, Messina, Catania und seit gestern hier«, antwortete ich. »Und als nächstes?«, fragte der ältere Herr mit dem weißen, nach hinten gekämmten Haar, der uns vom Nebentisch angesprochen hatte. Es war gegen Mittag. Ich zählte die kommenden Stationen auf, als letzte das antike Theater in Syrakus, wir würden dort einen *Ajax* sehen. Für die sogenannten Kulturvölker werden die Ruinen zu einer Art ideologischer Selbstgefälligkeit, dachte ich. Der fremde Blick hingegen erfasst andere Aspekte, überrascht von deren Schweigen und der Gegenwärtigkeit des Vergangenen: »... du konntest zwischen den Säulen Verstecken spielen!«, hatte mal jemand über den Tempel von Selinunt geschrieben.

»Haben Sie bereits Eintrittskarten? Es kommen Tausende, von überallher: Schulklassen, Vereine, Japaner.« Ein Mittag wie bei Pirandello, Menschen kehrten vom Baden zurück. »Ihr Sohn soll unbedingt zum Strand gehen!« Er wurde immer offenherziger: »Ein alter Mann muss nachgiebig sein, nur so wird er von den anderen ertragen.« Es klang wie ein Sinnspruch, und dann fuhr er fort: »Der Winter vergeht nur schwer. In den Cafés sprechen wir über Politik, ich erzähle den Jüngeren, wie das Fernsehen in den 50ern war, die schwarzweißen Kochsendungen – *Un gourmet raffinato,* ein Magier mit weißer Kochmütze, der seine Zutaten in etwas beinah Spirituelles verwandelte – das Autorennen in Monza, und Presidente Saragat, der Gustav von Schweden empfing. So mitreißend ...

Nachmittags kam immer *Umbra* hierher, inzwischen eine Waise. Ihr Herrchen war weg, genauer gesagt kam er '59 ins Gefängnis und wenig später verstarb auch die Frau. Umbra stand jeden Tag am Eingang, den Blick auf Michele gerichtet – den legendären Koch, weiße Schürze und Ohren wie die Henkel einer Amphore, kein Bleistift hielt dahinter, im Hintergrund duftete die Küche, die aufgehängten Würste, die Saucen, er kam zur Tür, jagte sie weg, die *Trattoria* stand genau an dieser Stelle, nur ganz in Grau, wie alles damals, wie Umbra die Welt sah.

Bis eines Mittags, es war so heiß und windstill wie heute, Umbra mit einem Hasen im Maul an der Tür erschien. Ob Großzügigkeit oder schlaue Schmeichelei, dies änderte jedenfalls alles. Ich war dabei an jenem Tag, als der Hund des Mafioso den Koch zu Tränen rührte. *Der blickte zur Seite und trocknete heimlich die Träne.* Odyssee, 17. Gesang, oder irre ich mich?«, fragte er mit einem kaum erkennbaren Triumph im Blick.

49

Die letzten Worte unserer Mitbürger, die diese Welt verlassen hatten, verbreiteten sich sofort. Sie wurden bereits auf deren Beerdigung kommentiert. Die einsame Tante mit der Arthritis, hieß es, fragte nach der letzten Ölung leise: »Regnet es draußen?«, und verstummte. Der alte Schuldirektor flüsterte mit ruhiger Gewissheit: »Ich habe es gewusst!«, und der todgeweihte Friseur sagte gerade noch zu seinem Krankenpfleger: »Welch schöne Hände ...« Für gewöhnlich blieben die Worte – bedeutungslos wie die Menschen selbst – nicht lange im öffentlichen Gedächtnis, nach kurzer Zeit wurden sie vergessen und von neuen Ereignissen verdrängt.

Vor einigen Jahrzehnten war es auch mir vergönnt, der Erwähnte in einem letzten Willen zu sein. Obwohl gut gemeint, beruhte er jedoch auf einem peinlichen Missverständnis. Ein alter Kommunist (der einzig bekannte in der kleinen Stadt), mit dem ich ab und zu spazieren ging, lebte im Glauben, dass unsere Gespräche über die Umbrüche in der Dritten Welt wie auch meine Nachsicht gegenüber der ständigen Litanei seiner Reden (»Das ist der Lauf der Geschichte, es gibt kein Zurück!«) Belege dafür seien, dass wir dieselben politischen Überzeugungen teilten. Kurz bevor er am 6. März 1977 die Augen für immer schloss, äußerte er den Wunsch, mir zwei seltene chinesische Stickereien zukommen zu lassen, zwei feine maschinelle Nadelarbeiten, goldgerahmt. Die erste, teilte mir sein Sohn mit, zeige den Kopf von Karl Marx und die zweite eine Szene am Ufer der Wolga, in der Stalin ein Boot besteigt und sich von Vladimir verabschiedet. »Du ahnst nicht, wie sehr er dich schätzte«, sagte sein Sohn.

Ich dachte an die letzten Augenblicke, die hilflose Einsamkeit (selbst wenn man sich über den »Lauf der Geschichte« sicher ist), all die Dinge, bei denen man einsehen muss, dass sie keine Rätsel bergen und nicht nur flüchtig, sondern auch trivial sind. Das Marx-Porträt ist klassisch, feine Seide mit fotografischen Details. Doch statt der Abschiedsszene am Ufer der Wolga hatte sein Sohn irrtümlicherweise ein anderes Bild eingepackt – offenbar gleich groß, aber unerträglich kitschig: einen Schäferhund, der inmitten feuerroter Mohnblumen auf einer Wiese sitzt. Stickerei mit dickem Garn auf Sackleinen, provinzieller Geschmack.

Ich beließ es dabei. Das Bild, das mir durch das Versehen entgangen ist, ist das berühmte Propagandawerk eines russischen Malers. Raffiniert nahm er die künftige Entwicklung zu einem Zeitpunkt vorweg, als Lenin schon drei Schlaganfälle erlitten und der Georgier mit den Seinen die Macht übernommen hatte. Die Nachfolge – eine Säuberung, die selbst die gewalttätigsten Fantasien wie Kindergebete klingen lässt – wurde als harmonisch und in gegenseitigem Einverständnis dargestellt. Das Geschenk – daran bestand kein Zweifel – ließ sich auf zweierlei Art deuten: Zum einen ging es um mich, denn er betrachtete mich als seinen Nachfolger. Zum anderen – und das war vermutlich das Wesentliche – um die Allegorie und Botschaft des Bildes, die seinen messianischen Glauben bestätigten: »Das ist der Lauf der Geschichte, es gibt kein Zurück!«

50

Die Großmutter meines Freundes Bernard Duclos, eine geborene Seydoux, aufgewachsen in Toulouse, war 1978 eine ältere Dame mit einer Vergangenheit als brillante Fotografin. Alles in schwarz-weiß. Von den vielen wunderbaren Bildern, die ich gesehen habe, erinnere ich mich lediglich an zwei große Themengruppen: Eine Serie mit nordafrikanischen Moscheen und eine mit Kindern – riesengroße Baguettes in der Hand oder unter den Arm geklemmt, die einen komischen Kontrast zu ihrer Körpergröße bildeten.

»Die Szene am Fluss stammt aus den Sommerferien des Jahres 1960«, sagte sie voller Gewissheit, was das Datum anging. »Der Kleine hier ist mein Enkel, das ist sein Vater, mein Sohn, und hier ist *Honoré*, ihr Labrador. An jenem Tag angelte der Kleine stundenlang, ohne etwas zu fangen. Wir waren an der Seine, in Conflans-Sainte-Honorine. Mein Sohn schickte ihn zum Auto, etwas holen, und befestigte in der Zwischenzeit einen kapitalen Fisch, den er für diesen Zweck dabeihatte, am Haken. Er warf ihn ins Wasser und als der Kleine zurückkam, gab er ihm die Angel wieder. Er hatte sich gerade scheiden lassen und versuchte bei jeder Gelegenheit, dem Jungen kleine Erfolgserlebnisse zu verschaffen, eine Maßnahme, die er einer Theorie über Traumabewältigung entnommen hatte.

Ich habe den Moment festgehalten, als mein Enkel wie verrückt jubelt und Honoré der Szene gleichgültig zuschaut. ›Hoffentlich wird er niemals von den Tricks erfahren, die ich mir voller Schuldgefühle ausgedacht habe, um sein Selbstvertrauen zu stärken‹, sagte mein Sohn. ›Wie sollte er?‹, beruhigte ich ihn. ›Die Fotografin ist deine Mutter und der zweite Augenzeuge redet nicht, lebt nur wenige Jahre und die Art und Weise, wie Menschen schwindeln, ist ihm fremd.‹

Und obwohl weder ich noch der treue Honoré je geplappert haben, verriet mir mein Enkel eines Tages – er ging damals schon aufs Lycée –, dass er von Anfang an gewusst habe, was geschehen sei, mochte er auch seinen Erfolg gefeiert haben, als habe er keinen Verdacht geschöpft. ›Auf sich allein gestellt gehen Menschen unter‹, sagte er mit reifer Zärtlichkeit. ›Mit der Rolle des arglosen Sohnes festigte ich, so gut ich konnte, das Bild des verantwortungsvollen Vaters.‹«

51

Die fünfte griechische Division bildete im Oktober 1912 den einen Flügel der Armee, die auf Thessaloniki marschierte. Sie hatte das Dorf Nalmpankio eingenommen und kurz darauf Sorovits, das heutige Amyntaio. Danach besetzte sie die Höhen von Kirli Derven und rückte langsam auf Banitza (Vevi) vor. Ihr Ziel war, sich auf den Hügeln nördlich von Sorovits zu halten, um den türkischen Vorstoß auf Kozani zu vereiteln.

Am 21. Oktober wurde der Plan geändert: Man beschloss, in Richtung Monastiri zu marschieren, wurde aber von türkischen Truppen daran gehindert. Die Division formierte sich neu, wehrte mehrere Angriffe ab und blieb bis April in ihren Stellungen. In der Nacht vom 23. auf den 24. Oktober war auf einmal ein hartnäckiges, anhaltendes Gebell aus dem gegenüberliegenden Dorf zu vernehmen. Ihm wurde keine Bedeutung beigemessen (»es liegt keine Bewertung vor«, lautete der offizielle Vermerk). Der türkische Angriff war heftig, unsere Armee zog sich unter enormen Verlusten ungeordnet zurück. Das Ereignis ist als »der Rückzug von Sorovits« in die Geschichte eingegangen.

Erst zehn Jahre später kehrte er in unsere Stadt zurück. Er kam nachts mit dem Zug an, heißt es in den akribisch geführten Provinzchroniken. Etliche Zeugen sahen und erkannten ihn. Aus dem Gepäckwagen holte er einen Hund, der mit einem Strick festgebunden war, auf seiner Jacke blitzten neun

Militärorden. Eine große Menschenmenge folgte ihm in die Taverne *Aphthonía*, wo er seine erste Rede von einem Tisch herab hielt.

Vierzig Jahre später, obwohl in Lumpen gekleidet, trug er immer noch seine Orden an der Brust. Meist ergriff er nach dem dritten Glas das Wort. Er nahm die Schiebermütze ab, die er als erster – lange bevor es Mode wurde – mit dem Schirm nach hinten trug, und erzählte mit den immer gleichen Worten, wie er in jener Nacht plötzlich aufwachte und die feindlichen Bajonette sah und wie es ihm dennoch gelang, im Nebel zu entkommen. Es gibt ein Foto, das ihn als jungen Mann unter König Konstantins Reiterstandbild zeigt – mit seinem Hund. Die Promenadenmischung sah einem kaukasischen Oftsarka ähnlich und wurde, wie der Veteran in seinen wirren Reden behauptete, auch vom königlichen Adjutanten ausgezeichnet, der den Orden am Hals des Tieres mit den Worten angebracht hatte: »..., weil wir neben dem Helden auch seinem tapferen Tier die Ehre erweisen wollen!«

Der Hund blieb anonym. Er starb ein paar Jahre nach dem kleinasiatischen Krieg von 1922. Der Soldat von Sorovits lebte bis 1965 in einem elenden Verschlag ohne Strom und Wasser. Durch das Fenster zu der kleinen Straße beobachteten wir oft heimlich seinen Schatten im Kerzenschein, amüsiert über das geradezu expressionistische Zerrbild. Er verdiente sich seinen Unterhalt mit dem Verkauf von Nähgarn, Knöpfen und Reißverschlüssen, auch mangelte es unseren Mitbürgern nicht an Mitgefühl.

Inzwischen sind mehr als fünfzig Jahre vergangen. Den Orden – mit dem Profil König Konstantins auf der einen und den gekreuzten Lorbeerzweigen auf der anderen Seite – wurde ebenfalls keine weitere Ehre zuteil. Sie fanden zwar einen Platz im örtlichen Volkskundemuseum, doch neben landwirtschaftlichem Gerät, Kupfergeschirr und Schlössern. Der Museumsdirektor, ein gelehrter Hotelier und ein erklärter Sympathisant der Monarchie, hatte versprochen, sie nach dem Referendum von 1974 und König Konstantins Rückkehr dem Nationalen Historischen Museum in Athen zu übergeben, »als einen längst überfälligen Beitrag in die Kasse der Geschichte.«

Den vielen Einwänden entgegnete er, die Provenienz der Orden stehe dem nicht im Wege: »Sie gehören der Geschichte und ihr sind sie zurückzugeben. Wer wird denn nach all den Jahren noch wissen, dass ein Irrer und ein Hund sie getragen haben?«

52

Meine Eltern waren im Abstand von drei Monaten aus dem Leben geschieden. Ich wurde von meinem Onkel väterlicherseits aufgezogen, der selbst keine eigene Familie hatte. Einsam und ohne jemals studiert zu haben, bildete er sich autodidaktisch fort und vermochte komfortabel zu leben durch Aktiendividenden und andere Einnahmequellen. 1955, fasziniert von Franklins Drachenexperiment, das bekanntlich zur Erfindung des Blitzableiters geführt hatte, begann er Papierdrachen zu bauen. Diese neue Beschäftigung betrachtete er als Ausdruck seiner Kunstfertigkeit und als ein lehrreiches Vergnügen für mich.

In dreißig Jahren fertigte er Dutzende von Drachen, denen er die unterschiedlichsten Formen gab. Helden der Revolution, den Eiffelturm, den Glockenturm der Athener Kathedrale, Heilige in Lebensgröße und nicht zuletzt Hunde, insbesondere den eigenen, stets in aufrechter Haltung, wie es die Flugeigenschaften eines Drachen erforderten. Seine berühmteste Konstruktion war die Dreiergruppe von 1958. Sie bestand aus ihm, mir und unserem Jagdhund, einem weißen Pointer mit dunkelbraunen Flecken, dem allseits bekannten *Ernesto.*

Die überdimensionalen Konstruktionen, nie unter zwei Metern groß, verlangten nach einem Gerüst aus dicken Bambusstangen, dreifachem Packpapier, speziellem Bindfaden und dem »kräftigen Atem des Aiolos«. Einmal hängte er seine Flinte (die bis heute unverwüstliche *Benelli*) an die Figur eines Jägers, um ihre Tragkraft zu demonstrieren. Die Zuschauer waren sprachlos. Stets verfolgte eine große Menschenmenge das Geschehen: Freunde und Bekannte, Schaulustige, der Bürgermeister und der Fotograf – immer mit der Miene desjenigen, der etwas äußerst Bedeutsames dokumentiert. Ganz anders als jener, der heute Nachmittag im Garten des Altersheims erschien, um meinen Onkel zu fotografieren.

Er führte ihn einmal nach rechts und einmal nach links. Mein Onkel sah uns mit der beständigen Ratlosigkeit dementer Menschen an, gefangen in einer Verwirrung, die keinerlei Beziehung zu dem Geschehen erlaubt. Unser Foto unter dem Maulbeerbaum und drei alte Bilder mit fliegenden Drachenfiguren werden meinen Artikel im Magazin *Der Bote* begleiten. Ich werde über sein Handwerk und seinen Humor schreiben, und darüber, wie die Figuren die Bewegungen des Jägers und des Tiers andeuteten: die vorsichtigen Schritte des Schützen, Ernestos Anschleichen, sein Stürmen zur erlegten Beute. Ich werde mich darum bemühen, den Drachenflug zu beschreiben und auch seinen Klang, das durch den Luftwiderstand bedingte Pfeifen, Eindrücke, die sich verloren, sobald die Drachen in große Höhen aufgestiegen waren.

Wie kann man sich heute vor Augen führen, was wirklich geschah? Die Bilder sind nur ein Geflüster, die schwache Widerrede gegen das Erlebnis, ein bloßes »anstatt«. Vergeblich versuchen sie uns mit dem zu verbinden, was sie festgehalten haben. Die Vergangenheit hat alles verschlungen. Nichts ist verdrießlicher als ein altes Wunder, sein muffiger Charme.

Ich eile durch die Korridore. Bildfetzen von Betten, Uringeruch und Krankenschwestern in rosa Kitteln, die Tabletts hin- und hertragen. Ich frage mich, ob er jemals geahnt hat, dass er an diesem tristen Ort sterben wird, ob er das Bedürfnis verspürt hat, es mir zu sagen. Und ich? Habe ich mich jemals im Geringsten bedankt für das Wunderwerk, das mich von meiner Trauer ablenken sollte? Kein Wort darüber in meinem Text. Nur die Erinnerung an seine Konstruktionen und deren unvergleichliche Poesie.

Nun bin ich fertig mit dem Epilog, etwas schwülstig, zugegeben, zwei Nuancen über dem Maß: »... mit den Drachen stiegen auch wir in eine ganz eigene Zeit hinauf, mit all der Erregung, die der Flug in die Träume hervorruft. Zuschauer und zugleich Teil des Spektakels, schwerelos über den Dächern und Hügeln, schwebten wir wie Engel, wie Traumwandler oder wie jene rätselhaften blauen und grünen Figuren, die Chagalls dunkle Himmel langsam durchqueren.«

53

Ein Sonntagmorgen auf dem Omonia-Platz, auf der Seite, wo sich früher die Athener mit dem Satz: »Um sechs, vor der Bakakos-Apotheke« zu verabreden pflegten, beschnupperte ein schmutziger Schäferhund unablässig den Boden. Bei Grün überquerte ich eilig die Agiou-Konstantinou-Straße in Richtung Nationaltheater, bemerkte jedoch gerade noch, dass der Hund mit nichts Konkretem beschäftigt war. Ich bin sogar versucht zu sagen, sein Interesse galt ganz und gar etwas Immateriellem, wie es uns Menschen mit abstrakten Begriffen oder Namen ergeht.

Ein paar Meter weiter hatte ein bekannter Theaterregisseur gerade eine Zeitung gekauft und las sie nun, den Kopf in die Doppelseiten versenkt. Hund und Leser, dachte ich, ähneln sich darin, dass sie unterschiedliche, sie selbst betreffende Zeichen aufspüren. Für uns ist das Bild das primäre Zeichensystem. Auf einer höheren Ebene sind Bilder eine geistige Erfahrung, wie wenn etwa Van Goghs Gelb oder Turners Sonnenuntergänge einem gefeierten Ästheten als Maßstab dienten, um einen Sonnenuntergang in natura als »Turner zweiter Klasse« zu bezeichnen.

Seit Jahren beobachte ich, wie Hunde ihre Zeichen auf dem Bürgersteig oder im Park beschnuppern, wie sie unsichtbare Verschlüsselungen entziffern und vage Informationen zu Antworten ummünzen. Den Hunden geht es dabei zwar auch um Existentielles, doch in einer elementaren Form. Unsere tausendmal komplexeren Botschaften hingegen beziehen sich auf eine Welt von Erkenntnis, Bewusstsein und geordneter Erinnerung. An jenem Sonntagmorgen witterte der Regisseur die Zeichen einer Kritik, während der streunende Hund Speisereste beschnupperte. Der Regisseur entnahm anspruchsvolle Inhalte, der Hund erfuhr dabei Grundlegendes: dass ein paar Stunden zuvor ein Weibchen an dieser Stelle vorbeigelaufen war (er wird dessen Geruch erneut an der Abdeckung einer Wasseruhr wahrnehmen), später ein weiteres Weibchen, mittleren Alters, das seine Regel hatte, und schließlich noch eines mit Lebensmittelvergiftung.

Zudem entdeckte er die Reste eines Zeckenhalsbandes, Pollen, die jemand vor ihm in seinem Fell oder unter den Pfoten mitgeschleppt hatte – einfache Informationen, vergleichbar mit den unseren, die ich für gewöhnlich als belanglos missachte: eine Todesanzeige, der Verkauf von studentischem Hausrat, Änderungsschneidereien, obszöne Angebote in der Telefonzelle. Hier erschöpft sich aber auch die Parallele, denn für den Hund gibt es keinen Gemeinplatz. Für ihn strahlt jede Botschaft die Unmittelbarkeit und Frische des neu Entstehenden aus. Das Leben, eine Komposition unmittelbarer Eindrücke und angeborener Automatismen, *ist* einfach da. Ohne jene Betroffenheit, die das Bewusstsein im Menschen erschafft, ist für den Hund die archaische Verbindung seiner Existenz mit der ihn umgebenden Schöpfung wesentlich stärker, er *kann* letztendlich gar nicht anders, als sich mit ihr zu identifizieren.

54

Die Wahlkundgebung am 5. November 1952 sollte den Sieg vorwegnehmen. So auch der pompös inszenierte Empfang in der Bahnhofshalle, die »aus allen Nähten platzte«, wie die Lokalpresse schrieb, »und von den Emotionen der Menge förmlich zerbarst.« Ich kenne die Einzelheiten seiner Ankunft aus Erzählungen: Der betagte Premierminister blieb kurz in der Tür des Waggons stehen. »Sei gegrüßt, Plastiras«, riefen jene, die bis ans Gleis vorgedrungen waren. Er trug einen langen schwarzen Mantel und einen steifen breitkrempigen Hut aus englischem Samt, der einen gelungenen Kontrast zu seinem weißen Zwirbelbart bildete.

»Eine komfortable Mehrheit ist uns sicher«, sagte er, doch keiner vermochte ihn zu hören. Die Grußworte der etlichen Vereins- und Verbandsvorsitzenden blieben kurz. Mit äußerster Mühe konnte die Polizei einen Weg nach draußen bahnen, wo die Limousine unter der großen Fassadenuhr wartete, um ihn – gefolgt von einem Triumphzug aus Fußgängern, Radfahrern und Autos – zum Hotel zu bringen.

»Bitte, ein Foto mit dem Vorsitzenden des Jagdvereins«, rief jemand an der Pforte und drängte nach vorne. Es gab zwei Jagdvereine. Der dem Zentrum nahestehende hatte den sensationellen Empfang vorbereitet. Die erste Idee war gewesen, den Namen des Premiers auf der gegenüberliegenden Anhöhe feurig rot aufleuchten zu lassen (mithilfe eines

Gerüsts aus Eisen, Werg und Paraffinöl), die zweite, Tauben am Bahnhof aufsteigen zu lassen. Die Wahl fiel schließlich auf den vom Vereinsvorsitzenden höchstpersönlich stammenden dritten Vorschlag. Das Foto prangte damals auf allen Titelseiten: Am Eingang des Bahnhofs, hinter Plastiras und dem Vorsitzenden des Jagdvereins, stehen siebzehn Hunde in Reih und Glied. An jedem Hals hängt ein Buchstabe aus dem Vor- und Nachnamen: N-I-K-O-L-A-O-S P-L-A-S-T-I-R-A-S. Die zwei Männer auf dem Bild verdecken drei Tiere (und deren Buchstaben) und schauen mit unterschiedlichen Mienen in die Kamera: »Das Volk und seine naive Theatralik«, scheint der eine zu denken. »Ich, neben dem Premierminister!«, der andere.

Nach der entscheidenden Wahl am 16. November gelang es der gegnerischen Partei *Griechischer Aufruf* aufgrund des Wahlsystems eine Regierung mit überwältigender Mehrheit zu bilden (247 Parlamentssitze bei gerade einmal 783.451 Stimmen!). Die rechtsgerichtete Presse triumphierte: »Unter dem Feldmarschall Papagos findet Hellas nun wieder zu seiner wahren Bestimmung!« Die Anhänger des Zentrums, darunter auch die Mitglieder des Jagdvereins, mussten sich mit der verheerenden Niederlage abfinden.

Ein halbes Jahrhundert später lernte ich auf der Durchreise, genauer gesagt auf Einladung, den inzwischen hochbetagten Vorsitzenden im Büro des Jagdvereins kennen, der immer noch in Amt und Würden war. Durch mehrere Schlaganfälle hatte er die Sprache verloren und stützte sich auf eine Gehhilfe. Aus den Vitrinen starrten uns Wildenten und

Fasane mit ihren Glasaugen an, umgeben von Gemälden, Pokalen und alten Flinten. Ich plauderte ein wenig über die Veränderungen in der Gegend, die Wildgehege (sein Verdienst) und die Autobahn, die uns Athen so nah gebracht hatte, und schließlich philosophierte ich über Plastiras: »Die Jahrzehnte sind spurlos an ihm vorübergegangen.« Mit kaum merklicher Kopfbewegung wies mich der Ehrenpräsident auf das legendäre Foto hin. Ich beugte mich darüber, als würde ich es genau studieren.

Welch schweigsame Düsternis. Die Winternacht im Jahr 1952, der Empfang, Plastiras mit seinem aufgesetzten Lächeln und unendlich erschöpft. Daneben der Vorsitzende, vor Jugend und Eitelkeit strotzend, und einen halben Schritt dahinter die siebzehn aufgereihten Hunde, ihren urtümlichen Blick auf uns gerichtet, sinnentleert, arglos, fern jeglicher Vorstellung von Zeit und Geschichte.

55

»Sein bekanntestes Werk, eindrucksvoll vor allem durch die Wirkung der Perspektive, ist die Ikone des Heiligen Konstantin in der gleichnamigen Kirche. Die Figur trägt auf der Schulter ein Kreuz, das die Ikone diagonal in zwei Hälften teilt. Das untere Ende befindet sich außerhalb des Bildes, während das obere, übermäßig in die Länge gezogen, sehr weit nach hinten ragt und somit die Raumtiefe betont. Er wusste intuitiv, dass Malerei, also der dreidimensionale Raum auf der Fläche, letztlich eine Frage der Geometrie ist. Anstelle des goldenen Hintergrundes verwandte er Landschaften, Tiere und realistische Gebäude – innovative Eingriffe, von denen er offenbar seine Auftraggeber überzeugt hatte.

Der Eingang zu seiner Werkstatt lag an der Straße. Jeder konnte ungehindert eintreten. Es war allseits bekannt, dass er beim Fresko der Allerheiligen den Einfall hatte, reale Personen aus der Stadt einzubeziehen – wie so oft bei berühmten Gemälden. In die halbfertigen, mit Bleistift eingezeichneten Köpfe platzierte er die Gesichtszüge der Auserwählten, oft sogar mit ihren Haustieren. 1942 beispielsweise malte er italienische Soldaten als *Jünglinge im Feuerofen* – man könnte beinahe sagen, deren Schicksal voraussehend – mit ihren beiden Hunden (*Furio* und *Roberto*), die bei den Carabinieri lebten. Jeden Morgen sah er den Soldaten zu, wie sie sich rasierten und dabei sangen. Ihre Porträts veranlassen uns heute zu denken, dass diese scheinbar so statische Kunst der Ikonenmalerei sich nicht in bloßer Nachahmung und Selbstreproduktion erschöpfte, sondern durchaus ein subversives und emanzipatorisches Potential beinhaltete, welches im Übrigen die Erinnerung an die Menschen und ihre Zeit wachhält und zu befördern vermag.

Als kleiner Junge hörte ich von seinen Modellen und erfuhr oft ihre Familiengeschichten, Anekdoten, große und kleine Skandale, die in verschwörerischem Flüsterton weitergegeben wurden. Einmal, bei einer *Geburt Christi* fragte er mich, ob ich einen in unserer Kleinstadt beliebten Tavernenwirt als geeignet für den Joseph hielte – alle wussten, dass es begründete Zweifel an der Vaterschaft seines Sohnes gab. Im Jahr darauf stellte er mich als zwölfjährigen Jesus im Tempel dar. Mir ist sonst keine derartig systematische Einbindung des Alltags in Heiligenbilder bekannt und sicherlich wurden nirgends die Hunde so dargestellt, in ihrer ganzen Zartheit und der subtilen Ironie ihrer Präsenz. Auf der Ikone der Heiligen Thekla jagt ein Hund ein davonlaufendes Huhn. Ich kann mich noch an seine Worte erinnern: ›Mein Modell hatte einen Hund, einen wahren Hühnerjäger.‹

Er war einzigartig. Die Einsamkeit unserer Heiligen hat er vollkommen ignoriert. Einfache, feine Zeichnung, narrative Bewegung, Komposition, die oft an das Absurde grenzt, und siehe da: ein moderner Maler, ohne es zu wissen. Ich sehe noch die Zigarette auf seiner Staffelei vor mir, die den entstehenden Heiligen beweihräucherte, auch weiß ich ganz genau, welcher Zahn ihm fehlte. Der Heilige Alypios in der Kirche der Flüchtlingsgemeinde ist der Konditor des alten *Aegli* und der Hund im Hintergrund *Grizakos*, der *Kleine Graue*. Er kannte alle Tiere beim Namen, wusste genau, welches nur ein Auge hatte, welches hinkte und welches vergiftet worden war. Betritt man die Kirche der Heiligen Kyriaki, zeigt der *Abend am Ölberg* auf der linken Seite drei Hunde, die wenige Monate zuvor dem Gift zum Opfer gefallen waren. Der römische Soldat, der sich von der Wachtruppe entfernt und einen weißen Hund mit schwarzen Flecken füttert, ist ein Gendarm aus Kreta, der regelmäßig Hunde vergiftete (gestützt auf eine Richtlinie ›Über die Vermeidung von Viruskrankheiten‹), eine wahrhaft abstoßende Person. Hätte er nicht später infolge eines schweren Schlaganfalls eine Aphasie erlitten, würde er sicherlich seine letzte Beichte ohne Absolution erleben und keine Erlösung finden.

Ansonsten strotzte auch unser Ikonenmaler vor provinzieller Mittelmäßigkeit, wenn Sie mir diesen Ausdruck gestatten, wie der gesamte dürftige Ort. Sie werden jedoch das Dreiviertelprofil der Gesichter bemerkt haben, die Bewegungen, die fehlende Frontalität und nicht zuletzt eine Vielfalt von Schattierungen in Augen und Haaren. Auf dieser Ikone der Heiligen Körperlosen erkennen wir hinter der Engelschar die Wassermühle aus unserer Gegend, einen für seine heimlichen Liebestreffen bekannten Ort. Der Hund des Anwesens, in aufrechter Haltung hier an der Seite, singt einen Hymnus. Die reale Welt beschenkte seine Werke mit einem Lächeln. Mir ist kein anderer Ikonenmaler bekannt, welcher der Erde mehr vertraut als dem Himmel.«

Er legte eine jener kleinen Pausen ein, die dem Redner eine Aura der Nachdenklichkeit verleihen. »Doch lassen Sie uns in den nächsten Saal hinübergehen. Es gibt ja auch Werke anderer Ikonenmaler«, sagte er.

56

Die Grube für das Fundament muss mindestens drei Meter tief gewesen sein, wenn die inzwischen vergangene Zeit nicht die üblichen Verfälschungen bewirkt hat. Ich lag am Rand flach auf der Erde und lauschte ihrem Gespräch. Die drei in hellen Sommeranzügen hatten sich über eine große Nische an der Nordseite gebeugt, die von den Bauarbeitern sorgfältig gereinigt worden war, und begutachteten den Inhalt: Das Skelett eines Kindes in Rückenlage, fünf Tränenbehälter und zwei Hunde aus Ton mit beweglichen Beinen, offenbar Spielzeug.

»Eine römische Nekropole erblickt die Mitte des 20. Jahrhunderts«, sagte, wie üblich witzelnd, der korpulente Anwalt und wickelte dabei ein Marron glacé aus. Dann sah er meinen Kopf und fügte überrascht aber immer noch lächelnd hinzu: »Und du, du wirst bestimmt auch das 21. erleben.«

Der Schädel war vom Nacken gelöst, als hätte er sich eine bequemere Position auf dem Kissen gesucht. Er lag zur Seite gedreht, den Blick nach Westen, zum Turm der Elektrizitätsgesellschaft und zur alten Getränkefabrik. »Weiblich«, bekundeten sie, ich weiß nicht, anhand welcher Merkmale. Sollten sie den Fund nun melden, ihn verheimlichen oder für einen Platz im neuen Museum sorgen? Sein Schicksal wurde konspirativ diskutiert, danach verließen zwei der Herren langsamen Schrittes die Grube. Den dritten – es war der Apotheker, ein Gelehrter und Forschergeist – konnte ich weiter beobachten. Bürstenhaarschnitt, dicke Brillengläser, der rechte Mundwinkel leicht hängend. Er kratzte verlegen mit dem Zeigefinger in der Nische. Dann sah er zu mir herauf, drehte seinen Hut um – einen zylinderförmigen Panama mit schwarzem Band – und warf die beiden Keramikhündchen eilig hinein. Der kleine Zeuge schien ihm völlig gleichgültig zu sein – er war überzeugt, dass ihn dies nicht kompromittierte. Weder in jenem Moment noch in der Zukunft.

57

Ein Märchen aus Japan. Hätte ich statt *Die drei kleinen Schweinchen* das Märchen mit den zwei Hunden als pädagogisches Unterpfand zu hören bekommen, wäre einiges in meinem Leben anders verlaufen. Zweifellos hätte ich dafür gesorgt, vier Beine zu haben und einen Schwanz, mit dem ich immer freundlich wedelte, um guten Willen und Verlässlichkeit zu demonstrieren. Die Geschichte handelt von Entgegenkommen und wohl bedachter Freundlichkeit.

Es war also einmal im fernen Japan der Tempel der tausend Spiegel. Da lief ein Hund vorbei, fand das Tor offen und schlich, ohne zu zögern, hinein. Weil nun Hunde aber keine Ahnung von Spiegeln haben, dachte er voller Schrecken, er wäre umzingelt. Knurrte er die Hunde an, knurrten sie sofort zurück. Zeigte er ihnen die Zähne, zeigten ihm tausend Hunde die ihren. So schnell er konnte, rannte er davon. »Ich werde niemals wiederkommen«, dachte er und blieb den Rest seines Lebens allein.

Eines Tages lief ein anderer Hund an dem Tempel vorbei. Auch er schlich hinein. Von Spiegeln wusste er nichts und ihm wurde sofort klar, dass er umzingelt war. Er wedelte mit dem Schwanz – und sogleich wedelten die anderen mit den ihren. Voller Freude beschloss er, fortan bei dieser großen und schönen Gesellschaft im Tempel zu bleiben. Und so lebte er glücklich bis an sein Ende mit dem Bild einer wunderbaren Welt, in der jeder Hund ein idealer Verbündeter, ein untadeliger Gesprächspartner und ein lebenslanger Freund ist …

58

»Im Jahre 1834 lernte ich den Hofmaler Carl Rottmann kennen«, erzählte mir Bonifacius Bonafin, ein Arzt aus Triest, seit 1828 Apotheker in Nauplia. »Er kam '34 hierher, zusammen mit Ludwig Lange, dem hochbegabten Architekten, der später das Athener Nationalmuseum entwarf. Nach einer Serie italienischer Landschaften beauftragte ihn König Ludwig I. von Bayern mit griechischen Sujets. Sie können sich nicht vorstellen, wie produktiv er war. Seine Schubladen quellen bestimmt heute noch über von Skizzen und Entwürfen der Morea und der Inseln. Er löste sich nicht von den klassischen Vorbildern, und gewiss war ihm bewusst, dass er eine Chronik für die Zukunft zu erschaffen hatte.

Ich erinnere mich, wie er jene malen wollte, die am 16. Dezember des ersten Jahres der Regentschaft loszogen, um Tannen für Weihnachten zu besorgen. ›Tannen gibt es in den Bergen Arkadiens‹, riet ich ihm (*et in Arcadia ego*, erinnern Sie sich an Poussin?), und dorthin sind sie auch gegangen. Er organisierte einen kleinen Tross mit Pferden, einer Kutsche und sechs Hunden, die vorausliefen. Ich versuchte, ihm Hinweise zu geben, welcher Weg am besten zu nehmen sei. Sie legten die gesamte Strecke bis Astros im Regen zurück und fällten zwei große und zwei mittelgroße Bäume, die sie dann vor dem kleinen Palast und auf dem Hauptplatz aufstellten. Einer der Prinzregenten hatte einen diskreten Umgang mit den Tannen empfohlen. Es kursierte bereits das

Gerücht, dass die orthodoxen Kirchen katholisch werden sollten und dass sogar die Eucharistie versteuert würde! Daraufhin schlug er vor, Lebkuchen, Geschenke und jede Menge Glühwein zu verteilen.

›Schnell wird das Volk so übermütig, dass man sogar dem Nachbarn den Stuhl wegzieht, wenn er sich arglos setzen will‹. Er war überzeugt, die Zukunft überwinde jeden Vorbehalt. ›Dich‹, sagte er zu mir, ›werden sie eines Tages wohl vergessen, obwohl du den Körper des Kapodistrias einbalsamiert hast. Unser Bier dagegen und die Tanne niemals.‹

Er zeigte mir einen Entwurf auf Pergament im Maßstab 1:4, eine berittene Gruppe und zwei kleine Kutschen, die in die Stadt zurückkehren (ich weiß nicht, ob er das Werk jemals vollendet hat). Dann ging er fort, er wollte Tiryns, Mykene und Delos malen. Im oberen Teil der Zeichnung dominierte der Berg, ohne Himmel. Ein Moment großer Veränderung für das Land. Im Wissen darum, dass er genau dies zeigen wollte, schlug ich ihm den Titel *Die Wende* vor, obwohl aller Wahrscheinlichkeit nach niemand verstünde, wo eine Wende zu finden sei, betrachtete man den schnurgeraden Weg, die Kutschen mit den Tannen und die sechs Hunde, die mit der Nase dicht am feuchten Erdboden vornweg liefen.«

59

Es gibt keinen Zweifel, das Gedicht *Mutterherz* von Jean Richepin (1849-1926) hatte eine solch erdrückende Faszination auf frühere Generationen ausgeübt, dass es unabhängig von Herkunft und Bildungsstand des Lesers landauf, landab verbreitet war. Mein Gedächtnis bewahrt Deklamationen, die ich von Priestern und Lehrern bis hin zu Ladenbesitzern zu hören bekam. Ein Onkel, der in Brasilien lebte, trug es uns eines Abends auf Portugiesisch vor, mit einer Ergriffenheit, die kaum zu verbergen war.

Die Geschichte ist wohlbekannt: Eine schöne Zigeunerin wollte dem jungen Mann, der sich in sie verliebt hatte, erst dann ihren Kuss geben, wenn er das Herz seiner Mutter für ihren Hund mitbrachte. Er war ihr einziger Sohn. Er riss ihr das Herz heraus, als er es aber schnell der Zigeunerin bringen wollte, stolperte er und fiel der Länge nach hin. Da fragte das besorgte Mutterherz: »Hast du dir wehgetan, mein Sohn?«

Die Wirkung dieses Gedichts war derart stark, dass ihm eine ganze Reihe von Geschichten mit dem Thema der uneigennützigen Hingabe und der bedingungslosen Liebe folgte. So erinnere ich mich etwa daran, wie meine Großmutter, eine sehr empfindsame Frau, die nach dem Tod ihres Mannes ihre Liebe und Fürsorge den Vögeln und Hunden geschenkt hatte, mir die Geschichte von *Mustafa* vorlas: Eines Nachts fand Robert, ein Arbeiter aus Le Havre, auf der Straße Mustafa, einen schwer verletzten kleinen Hund. Obwohl Robert betrunken war, verspürte er Mitleid und nahm ihn mit nach Hause, kümmerte sich ein wenig um ihn, so gut er konnte, schlief aber sogleich danach auf dem Fußboden ein.

Am nächsten Morgen war er von dem unbekannten Tier überrascht und wollte es wegjagen, doch der einsame Hund äußerte seinen Wunsch bleiben zu dürfen so zärtlich, dass Robert schwach wurde. Es vergingen zwei wunderbare Jahre der Freundschaft, erzählte Großmutter weiter, bis Mustafa schwer krank wurde. Robert, der ihn nicht leiden sehen wollte, aber auch nicht töten konnte, nahm ihn an einem Herbstabend mit ans Meer. Er band ihm einen schweren Stein an den Hals und ließ den kranken Hund im tiefen Wasser versinken. Mit ihm verschwand auch Roberts Mütze, die der starke Wind ihm vom Kopf gefegt hatte.

Tieftraurig kehrte er nach Hause zurück – in Wahrheit mehr der Mütze wegen, eines Erinnerungsstücks, von einer lieben Hand mit seinen Initialen bestickt. Er ging zu Bett und wurde einige Stunden später von einem hartnäckigen Kratzen an der Tür geweckt. Zu seiner Überraschung – Großmutters Augen wurden hier immer feucht – erblickte er Mustafa, den Strick noch um den Hals (der Stein war fort) und mit der nassen Mütze im Maul. Robert, der mit Sicherheit unser Schluchzen gehört hatte und sah, dass Großmutter nicht weiterlesen konnte, nahm unter Tränen die Mütze. Er gab Mustafa ein Zeichen, hereinzukommen, der aber legte sich kraftlos zu Boden und schloss die Augen.

War das eine wahre Geschichte? Eine Variante von *Mutterherz*? Ein kurzes Melodram für die schlichten Leserinnen der Frauenzeitschrift *Thesaurus*? Ich weiß es nicht, kann es nicht einmal vermuten. Gemessen an den Schuldgefühlen, die ich unaufhörlich in mir spüre (die Seelenkunde nennt es »Selbstbezichtigung«), habe auch ich gewiss unbezahlte Schulden hinterlassen und wichtige Pflichten vernachlässigt. Und ich kann auch nicht ausschließen, sogar das eine oder andere Mal beim Anbinden eines schweren Steines geholfen zu haben. Betrachte ich meine Hände, halte ich darin die triefend nasse Mütze mit Roberts Initialen.

60

Byron schrieb das *Epitaph für einen Hund* im Jahre 1808. Es handelt von *Boatswain*, seinem eigenen Hund (einem Neufundländer), der an Tollwut gestorben war. Der Dichter hatte ihn liebevoll gepflegt, ohne sich vor der Krankheit zu fürchten. Ohne jedweden Schutz berührte er die Schnauze, die voller Schaum war. Es war nicht schwer, das Bild des Grabsteins mit dem Gedicht zu finden. Die einleitenden Verse werden Byron zugeschrieben, in Wirklichkeit stammen sie aber von seinem Freund und Erben John Hobhouse.

Byron wollte zunächst nur die zwei letzten Zeilen verwenden. Beim Lesen der aus ihrem Kontext gerissenen Verse erkenne ich in der Tat die sentenziöse Selbstständigkeit, welche sie als Grabepigramm gehabt hätten. Sein letzter Wille, festgehalten im Testament von 1811, drückt die bekannten Stimmungen der Romantik aus: Hingabe, Aufopferung, den Sinn für das Erhabene.

Er äußert den Wunsch, mit seinem Diener Joe Murray und seinem Hund begraben zu werden, einem jener drei Hunde, die Byrons Leichnam nach England begleiteten (nach seinem Tod in Messolongi im Jahr 1824), und einem Nachkommen des unglückseligen Boatswain. Sieht man von Reim und Rhythmus ab, hört sich das *Epitaph*, wie ich finde, sehr modern an. Die moralische Apostrophe (»deine Liebe ist Lust, deine Freundschaft Betrug«), wie auch seine Menschenkenntnis klingen nicht abgenutzt. In meiner bescheidenen Übertragung lautet der Text wie folgt: »Nahe dieses Ortes / ruhen die Gebeine von einem / der Schönheit ohne Eitelkeit besaß, / Kraft ohne Anmaßung, / Mut ohne Rohheit / und alle Tugenden des Menschen ohne die Laster. / Dies Lob, das leere Schmeichelei nur wäre, / geschrieben über menschlicher Asche, / ist doch Respekt nur im Gedenken an / Boatswain, einen Hund / der im Mai 1803 in Neufundland geboren / und am 18. November 1808 zu Newstead verstarb.«

Übergangslos folgt nun Byrons Text: »Kehrt ein stolzer Menschensohn heim zur Erde, / dem Ruhm zwar unbekannt, doch groß von Geburt, / schöpft aus des Bildners Kunst den Pomp des Kummers / und Urnen künden wortreich, wer dort ruht. / Wenn dies vollbracht / ist auf dem Grab zu lesen / nicht was der Tote war, / nur was er sollte sein. / Der arme Hund jedoch, der beste Freund im Leben, / als erster grüßt er, wehrt als erster ab, / redlich sein Herz gehört dem Herrn für immer, / der müht sich, lebt, kämpft, atmet nur für ihn, / fällt ungeehrt, sein Wert bleibt unbemerkt / die Seele, die er hatt' auf Erden wird ihm im Himmel verwehrt, / derweil der Mensch, eitles Insekt, hofft auf Vergebung, / und fordert einen Himmel ganz für sich. / O Mensch! Der schwache Mieter einer Stunde, / als Sklave erniedrigt oder korrupt durch die Macht / wer dich recht kennt, muss dich mit Abscheu meiden / niederer Klumpen aus belebtem Staub / deine Liebe ist Lust, deine Freundschaft Betrug, / deine Zunge Heuchelei, dein Herz Verrat! / Von übler Natur, nur vom Namen her edel, / lässt vor Scham dich erröten jedes verwandte Tier. / Der du erblickst dies einfache Gefäß, / geh nur vorbei, es ehrt doch keinen, / um den du trauern willst. / Für die Gebeine eines Freundes stehen diese Steine. / Einen nur kannte ich, und der liegt hier.«

61

Ein kleiner Foxterrier sitzt auf den Hinterbeinen und lauscht neugierig der Stimme, die knisternd und rauschend aus dem Trichter ertönt. Dies ist, musst du wissen, das bekannteste und beliebteste Markenzeichen, das je verwendet wurde: *Der Nipper*, ein Gemälde aus dem Jahr 1900. Mach jetzt die Augen zu und ich erzähle dir die Geschichte.

Nipper war ein herrenloses Hündchen, das eines regnerischen Tages von einem Mann namens Mark Barraud von der Straße aufgelesen wurde. Herr Barraud lebte in Bristol, einer Stadt in England. Er nannte den Hund Nipper, weil Nipper jeden, der zu Besuch kam, spielerisch in die Wade zwickte. Drei Jahre lang lebten sie zusammen, bis der alte Mark eines Tages starb. Sein jüngerer Bruder Francis, ein hervorragender Maler und großer Tierfreund, nahm Nipper mit nach Liverpool. In seinem neuen Zuhause weckte ein Walzenphonograph Nippers Interesse – ich erkläre dir ein anderes Mal, was das ist. Es machte ihm großen Spaß zuzuhören und er versuchte herauszufinden, woher die Stimme kam.

Diesen Anblick fand Francis so lustig, dass er 1895 beschloss, Nipper vor dem Trichter zu malen. Fünf Jahre später malte er ihn ein weiteres Mal, wie er einem Grammophon lauschte. Das Bild hieß ursprünglich *Hund beim Anhören und Betrachten eines Phonographen*, später gab er ihm den Titel *Die Stimme seines Herrn* und bewarb sich damit für eine Ausstellung in der Königlichen Akademie. Die Antwort war: »Nein, lieber Francis, denn niemand begreift, was der Hund vor dem Trichter tut.« Daraufhin ging Francis zur Firma »Edison Bell«, die Phonographen herstellte, klopfte an die Tür und sagte: »Einen schönen guten Tag, möchten Sie vielleicht mein Bild kaufen?« »Kein Hund hört Phonograph, Herr Barraud«, sagten sie zu ihm. »Wir wollen es nicht haben.«

Ein Freund schlug ihm vor, das Bild diesmal mit einem schönen, glänzenden Trichter zu versehen. Francis malte nun einen Trichter aus Kupfer und bot das Bild Herrn Owen an, der die Londoner Niederlassung der Firma »Berliner« leitete. »Gut, ich kaufe es«, sagte dieser, »aber nur wenn du es mit einem Phonographen aus unserer Produktion versiehst.« Der Maler führte die Änderung aus und verkaufte das Bild für 50 Pfund. Und jetzt kommt es! Der Inhaber der Firma »Berliner« und Erfinder der Schallplatte, wie du sie von unserem alten Plattenspieler kennst, sah bei einem Besuch in London das Bild und bestellte sofort eine Kopie, die er mit nach Amerika nahm. Und da du mir ja gar nicht mehr zuhörst, kann ich dir etwas verraten, was du bestimmt als ungerecht empfinden würdest, könntest du es verstehen: Dieser Emil Berliner sicherte sich im Jahr 1900 das Bild in Boston als Unternehmenslogo.

Nipper wurde zum bekanntesten Motiv auf der ganzen Welt. Francis Barraud, der mit dem herrenlosen Hündchen aus Bristol dieses wunderbare Märchen geschaffen hatte, erhielt für seine beiden Bilder gerade einmal je fünfzig Pfund und konnte aus all dem, was ich dir heute als Gute-Nacht-Geschichte erzähle, keine weiteren finanziellen Ansprüche ableiten.

62

Auch er wohnte im Fünften. Es gab dort zwei Appartements. Ihm gehörte die Fünf-Zimmer-Wohnung mit der riesigen Dachterrasse, die wöchentlich von einem Gärtner gepflegt wurde. Ich hatte gerade meine Facharztausbildung abgeschlossen. Er zeigte mir gegenüber eine unerklärliche Sympathie und war extrem großzügig – es fing an mit Hemden und Füllfederhaltern und endete mit einer teuren Omega. Er war älter als ich. Sportlich, modisch gekleidet, ständig neue Autos, ein nettes Mädchen namens Margarita, viele Geschäftsreisen. Importgeschäfte mit Kindernahrung, später hieß es, Spielsachen aus Hongkong, er hätte Kinder so gern, natürlich unter strengen Sicherheitsvorgaben hergestellt. In der Politik galten seine Sympathien ... na ja, du ahnst schon wem. »Der hat solche ...«, sagte er und formte seine großen Hände zu Bällen. »Wir sollten mal ausgehen, Doktor, in Athen geht nachts die Post ab.«

Aber wir gingen nie aus und stattdessen schenkte er mir eine Stereoanlage aus seiner Firma. Er war viel unterwegs. Ich stellte mir vor, wie er seine Arbeit anging, tatkräftig, anders als ich ihn kannte – selbst die freundlichsten Menschen herrschen ja manchmal mit eiserner Faust. Eines Abends hörte ich nebenan Geräusche und ging zum Spion. Die Tür zu seinem Appartement war aufgebrochen, drei Männer drangen ein, ein weiterer wartete davor. Ich wollte schon die Polizei rufen, aber diese Leute waren ja die Polizei. Ich trat in den Flur. »Seid ihr wahnsinnig?«

»Ganz ruhig, Bürschchen«, sagte der eine und strich mir höhnisch über die Wange. Ein paar Tage vergingen. Margarita hielt das Ganze für eine von Konkurrenten angezettelte Intrige. Sie zeigten ihr Fotos von festungsgleichen Villen und toten Hunden, immer auf die gleiche Weise beseitigt. »Seien Sie auf der Hut«, sagten sie zu ihr. Er war der berüchtigte *Bucafola*, der Ganove, der die Hunde vergiftete, mit einer Mixtur aus Pflanzenschutzmitteln. Die Hunde starben sofort.

Die Omega trug ich viele Jahre und zwei Krawatten habe ich auch noch. *Akropolis* widmete dem Fall drei Spalten auf der Titelseite: »Mit Giftköder an die fetten Fleischtöpfe.«

63

Ja, war er. Es wurde totgeschwiegen, und doch wussten wir es alle, damals schon, als er die Leitung der örtlichen Gemäldesammlung übernahm und ihre Fläche wie auch ihren Bestand durch Spenden und zahlreiche Schenkungen verdoppeln konnte. Jahre später, im Sommer 1965, inzwischen nur noch ehrenamtlich tätig, bot er mir an, ihm eine kurze *Geschichte der darstellenden Künste* abzutippen sowie seine *Memoiren* – ein Lebenswerk, an dem er seit seiner Studienzeit in Münster schrieb. Auch wenn ich dafür meine ersten Sommerferien als Student opfern musste, schmeichelten mir sein Vertrauen und die nicht zu verachtende Vergütung.

Er hatte gerade den Hund eines verstorbenen Freundes adoptiert. Die Freundschaft war allseits bekannt, eine langjährige platonische Liebesbeziehung – oder sogar mehr, wer weiß. Das Tier hatte schon etliche Beine von alten Möbeln und insbesondere zahlreiche Bücher zerbissen. Er zeigte mir den roten Band des *Hypereides*, die Goldprägung auf dem Einband der *Pseudo-justinischen Schriften* und Eunapios' *Biografien über Philosophen und Sophisten* – alle zerkaut, zerstört. Verluste, die er »zum ehrenden Gedenken an den geschätzten Verblichenen« hinnahm. Er sei ihm zu dieser Nachsicht verpflichtet, sagte er, mit einem Anflug von Schuld. »Das Tier äußert seine Trauer und sein Unbehagen an dem ihm fremden Ort.«

Empört beobachtete ich seine Duldsamkeit und musterte dabei *Ganymeds* Kiefer, die Physiologie des ungehorsamen Boxers, seine Bewegungen, seinen Speichelfluss, die kraftvollen Gelenke. Es war Anfang August, kurz nach dem Putsch des Königs. Als die Regierung von Novas abgesetzt worden war, begann er in endlosen Arbeitsstunden, mir seine *Geschichte* zu diktieren, ein regelrechter Kraftakt, so wie er den Text an Ort und Stelle las und korrigierte. Gegen Ende des Monats, Tsirimokos war inzwischen ebenfalls abgesetzt und das von Demonstrationen erschütterte Athen glich einem Hexenkessel, tippte ich immer noch.

»Wie sehr die Perspektive den toten Körper verkürzt«, schrieb er über Mantegnas *Beweinung Christi.* »Die Beine reichen bis zum Betrachter, als wollten sie den Rahmen des Bildes sprengen. Die Aufgabe ist gemeistert: eine vertikale Gestalt in einem horizontalen Werk. Der unerbittliche Realismus des Todes.« Ende August begannen wir mit den *Memoiren*: »Gibt es einen widernatürlichen Eros? Wer beurteilt, ob ein Verlangen angemessen ist? 1914 in Münster, das Jahr der entscheidenden Fragen. Ja, die sexuelle Neigung ist ein lebenslanger Habitus. Bücher, Erziehung, die Presse, alle propagieren die ›richtige Wahl‹«, den ›einzig richtigen Ausdruck des Verlangens‹.« Am dritten September blickten wir äußerst stolz auf das Wort »Ende«.

»Herzlichen Glückwunsch«, sagte er zu mir und warf das Manuskript in die nächste Mülltonne. Drei Tage später lud er mich zu sich ein, um mich zu entlohnen. Er war in Tränen aufgelöst, untröstlich. Er bat mich, überall zu verbreiten, dass ein starker

Windstoß die getippten Seiten verstreut hätte, verlangte, dass ich ihn in der Öffentlichkeit ob seiner Unbedachtheit tadelte, das Werk nachts auf der Veranda liegen gelassen zu haben, und dass ich niemandem erzählte, dass Ganymed an einem Abend zweihundert Seiten der Geschichte und dieselbe Anzahl an Seiten eines exquisiten wie vielbewegten Lebens zu Brei gemampft und aufgefressen hätte. Der unsinnige Preis, den er für seine Leidenschaft hatte zahlen müssen, sollte kaschiert werden!

Ich erinnere mich bis heute an Zitate aus beiden Büchern, besonders an die Schlusssätze. Wir hatten sie unzählige Male verändert, er war ein neurotischer Perfektionist: »Elegante Beine, die man küssen möchte, goldenes Haar à la Botticelli, fabelhaft geformte Hände. Seine Augen, unschuldig, fügsam; und gleichwohl scheint ihnen Begierde nicht fremd zu sein.« An anderer Stelle: »Ich fragte mich oft, ob man den kleinen Fehlern, die ich im Deutschen machte, einen gewissen Charme zusprach. Ich wusste, es gibt Dichter, die den Reiz ihres Werkes der Tatsache verdanken, dass sie in einer Sprache schrieben, die sie nicht vollkommen beherrschten. Jedenfalls ist es bedauerlich, dass ich mich als Fremder nicht der Kindlichkeit meiner Sprache zu erfreuen vermochte. Ja, der Kindlichkeit. Wer wollte nicht für immer in der Kindheit verweilen? Wer kann behaupten, dass es ein Gewinn sei, sich der endlosen Tyrannei der Liebe und der Zeit zu ergeben?«

Für den Schluss seiner *Memoiren* hatte er zwei längere Absätze in Betracht gezogen. Er behielt den einen, der in etwa lautete: »Ohne den Mythos und die Fiktion – den Versuch also, Vergeblichkeit und Unsterblichkeit zu vereinen – wäre die Welt, die wir so raffgierig und überstürzt zu sehen bekamen, unerträglich gewesen. Mit den Gewinnen der Kunst bezahlten wir den unerbittlichen Gläubiger.« Ein paar Tage später fügte er einen weiteren Absatz hinzu, um das Loblied auf die Welt des Fiktionalen zu vervollständigen. Aber auch diesen änderten wir unzählige Male, so dass ich mich nicht mehr an die endgültige Fassung erinnern kann.

64

Dem Zwölfjährigen, der gekommen war, um die Nebenkosten zu bezahlen (ich war zuständig für die Verwaltung unseres Mehrfamilienhauses in jenem Jahr), fiel die Lithografie in der Büchervitrine auf. *Argos*, steinalt, verdreckt und voller Zecken, erkennt Odysseus wieder, der als Bettler verkleidet in Ithaka ankommt. »Was für eine schöne Postkarte!«, sagte er wie zu sich selbst. »Von 1904. Ich habe sie in Berlin gekauft. Weißt du, wer das ist?« Er schaute mich an, als hätte ich ihn beleidigt, und während ich das Wechselgeld zählte, begann er, auf Altgriechisch zu rezitieren: Εὔμαι', ἦ μάλα θαῦμα κύων ὅδε κεῖτ' ἐνὶ κόπρῳ. / καλὸς μὲν δέμας ἐστίν, ἀτὰρ τόδε γ' οὐ σάφα οἶδα, / ἢ δὴ καὶ ταχὺς ἔσκε θέειν ἐπὶ εἴδεϊ τῷδε, / ἦ αὔτως οἷοί τε τραπεζῆες κύνες ἀνδρῶν / γίγνοντ', ἀγλαΐης δ' ἕνεκεν κομέουσιν ἄνακτες. Er hielt kurz inne. »Odysseus versucht zu bluffen, Herr Charis! Er gibt vor, *Argos* nicht zu kennen, und fragt schlitzohrig weiter nach.«

Der Junge kannte die Rhapsodie in- und auswendig. Er war Sohn eines Beamten, der sich jeden Winter über die Heizzeiten im Haus beschwerte. Hätte ich noch etwas länger gebraucht, um die Quittung zu finden, hätte er mit Sicherheit fortgefahren. »Wie kann aber ein Blinder wissen, dass Hunde ihre Ohren bewegen? Woher wusste Homer, dass dies die Reaktion von Argos war, als jener seinen Herrn erkannte?«, fragte er. Ich begleitete ihn zum Ausgang. Ich hätte ihm sagen können, dass ich seine

Skepsis teilte, ob denn ein Blinder ein solches Detail wissen kann, die Bewegung, die wir bei jedem angebundenen Hund sehen, wenn er nach langem Warten seinen Herrn bemerkt, der vollbepackt am Ausgang des Supermarktes erscheint. Er hielt die Tür des Aufzugs auf. »Ich warte auf die Übersetzung von Professor Maronitis«, sagte er. »Ich bin sehr gespannt auf seine Zugeständnisse an den Rhythmus des Originals. Ist es nicht gerade das, worum es euch allen geht, die ihr Übersetzungen lest?«

65

An jenem weit zurückliegenden Sonntag, als ein Ausflug ins Grüne und ein Besuch im Museum Capodimonte zur Wahl standen, entschied ich mich für Letzteres. Ich durchquerte den Hof mit den hohen Palmen und ließ mich zwei Stunden lang durch die nicht enden wollenden Säle treiben. In eine amerikanische Reisegruppe hineingeschmuggelt hing ich an den Lippen der Museumsführerin und notierte mir wie ein Schüler, dass die Stadt ihre ästhetischen Interessen im 15. Jahrhundert auf die Maler Flanderns und der Provence richtete und der Florentinischen wie auch der Venezianischen Schule den Rücken kehrte.

Wir blieben vor dem *Heiligen Hieronymus* stehen, einem Werk von Colantonio (ca. 1420-1460). Kennzeichnend für das Bild (Öl auf Holz) sind die Raumillusion und eine präzise Wiedergabe der Details: die Regale mit den Büchern, den Fläschchen und der Sanduhr, die Objekte der Gelehrtenstube. Das Werk genoss seinerzeit große Anerkennung. Der Theologe und Bibelübersetzer in einem braunen Umhang mit Kapuze und Heiligenschein bietet seine Dienste einem vor ihm sitzenden Löwen an, der seine rechte Pfote auf das Knie des Heiligen gelegt hat. Die andere hält Hieronymus in seiner Hand und versucht mit einem spitzen Gegenstand, dem Löwen einen Dorn herauszuziehen. Voller Dankbarkeit, heißt es, wurde ihm der Löwe zu einem treuen Gefährten und seitdem lebten die beiden zusammen.

»Dem Maler war Van Eycks Werk bekannt«, sagte die Führerin. »Der Einfluss der flämischen Kunst mit ihrer charakteristischen Trompe-l'oeil-Technik ist nicht zu übersehen.«

Sommer 1978. Ertrunken in Licht und Lärm kam uns Neapel sehr weit entfernt vor in diesem Saal. Der Heilige Hieronymus widmet sich der schmerzenden Pfote. Das Tier, mürrisch doch ergeben, richtet seinen Blick nicht auf die Operation, sondern wendet ihn ab, so wie auch wir während einer Blutabnahme wegschauen. In Kürze wird es wieder ohne Schmerzen auftreten können. Leise kündigt sich der jedem Wunder innewohnende Wandel an, die bevorstehende Vertrautheit, die lebenslange Hingabe. Der Löwe mit der kraftvollen Statur und der üppigen Mähne ist bereits ein Hund.

66

Die Geschichte ist einfach. So einfach, dass ich sie in wenigen Worten erzählen kann: Wir sollten zum Flughafen fahren, meinte er, wegen einer »Sendung«. Keine weiteren Informationen. Was wir erhielten, war ein Transportbehälter mit einem braunen Dachshund, wenige Tage alt. »Weil du Dackel magst«, sagte er. Ich brachte ihn nach Hause, meine Eltern rührte sein Anblick, ab jetzt würden wir also einen zweiten Dachshund haben.

Die ersten Tage ging alles gut. Die Anmut des Winzlings war von der Zartheit eines Welpen kaum zu unterscheiden. Doch plötzlich traten Symptome einer schweren Lungenentzündung auf, sicherlich die Folge seiner Reise im Frachtraum. Wir gingen täglich in die Klinik. Er hatte keine gute Prognose. Ihn am Tropf hängen zu sehen (habt ihr jemals die Hand eines Babys am Tropf gesehen?), schmerzte uns sehr. Wann immer ich mir erlaube, daran zu denken, muss ich weinen.

Zehn Tage kämpfte er mit einer schrecklichen Atemnot. Er überlebte. Liebe, Sorge und Zuwendung nahmen noch zu, bis sich eine Geschwulst an seiner linken Schulter zeigte. Er wurde operiert und alles wandte sich wieder zum Besseren.

Ich nahm den kleinen *Guido* (wie wir ihn zu Ehren eines florentinischen Dichters genannt hatten) immer mit nach Maroussi, wenn ich bei meinem Freund übernachtete, bis eines Abends – die Tür stand offen – Guido hinausauslief und verschwand.

Die ganze Nacht verzweifeltes Suchen, dann unzählige Aushänge an Säulen, Bäumen, Geschäften, vierhundert Briefe an Tierärzte, damit sie im Falle einer Untersuchung die Narbe an der Schulter wiedererkennen könnten. Die Nachrichten übers Internet waren spärlich, wir bekamen Hinweise auf kleine Streuner gleicher Farbe in ganz Attika, die aber keine Ähnlichkeit mit einem Dachshund hatten. Drei Straßen weiter hatte schließlich doch jemand ein Auto gesehen, das anhielt und den Hund vom Bürgersteig mitnahm. Die Suche wurde beendet.

Sechs Jahre sind seitdem vergangen. Ich bin nicht mehr mit dem zusammen, der ihn mir geschenkt hatte, noch weiß ich, wo er nun lebt. In unserem Wohnzimmer gibt es ein Foto in einem alten Holzrahmen, Guido steht auf dem gelben Teppich und schaut uns an. Von unserem kurzen Miteinander sind die blaue Schachtel mit seiner Medizin, sein Glöckchen und zehn Digitalbilder geblieben.

Im Sommer 2011 sah ich auf Santorini einen braunen Dachshund. Ein Pärchen hielt ihn an der Leine, mittags im größten Gedränge. Ich bückte mich, um ihn zu streicheln, und fragte nach der alten Narbe an seiner linken Schulter: »Eine Verletzung?« Sie konnten es mir nicht sagen, hatten ihn vor Jahren in Maroussi auf der Straße gefunden. »Sie werden ihrer überdrüssig und werfen sie weg wie altes Spielzeug«, sagte die Frau. Den Blick abwendend setzte ich meine Brille auf und ging.

67

Erst nach seinem Tod begann ich, das Haus in der Hera-Straße aufzusuchen. Ich hatte es geerbt. Am Nachmittag des 14. September 1985 stand ich auf der vierten Stufe einer Metallleiter und saugte den Staub aus den Fächern des Bücherregals. »Ich räume das Bücherregal, den Schrank und die Schubladen von jemandem aus, also habe ich dessen Stelle eingenommen, ich bin die Nachfolgerin eines Abwesenden«, dachte ich. Sogleich entgegnete ich mir: »Veränderung bedeutet nicht zwangsläufig Groll. Und schon gar nicht Allmacht.«

Von klein auf trage ich ihn mit mir herum – voller Einwände, doch immer wieder neugierig. Ich werde die spärliche Belletristik behalten, überwiegend alte Übersetzungen. Die Geschichtsbücher gewiss. Die *Helios*-Bände auch, mit dem populärwissenschaftlichen Teil, den Seiten mit dem Englischkurs und den Kreuzworträtseln, seiner Dauerbeschäftigung. Merkwürdig. In all den Bänden hat er nur dieses eine Rätsel nicht vollständig gelöst. Heft Nummer 421, von 1954. Kreuzworträtsel, naive Gelehrsamkeit, veredelt wohl nur durch den Aspekt der Gedächtniskunst. Mir fällt ein, dass jene berühmten Kryptologen, die im Krieg die Verschlüsselungen der Nazis geknackt haben, große Kreuzworträtsellöser waren.

Was hatte ihn in diesem einen Heft davon abgehalten? Am 15. September 1954 (ich machte gerade meine ersten Schritte) hatte er offenbar Schwierigkeiten gehabt, ein Kreuzworträtsel zum Thema Hunde zu lösen. Die 6 senkrecht war leergeblieben, die relativ einfache Frage *Schottische Hunderasse (Kurzform).* Auch die 7 senkrecht hatte er nicht ausgefüllt, *Bekannte Blutkrankheit*, sieben Buchstaben. Wer war er wirklich? In ihrer Voreingenommenheit hatte meine Mutter ein Bild voller Widersprüche gezeichnet. Weder seine Fotografien noch seine Notizen brachten mich weiter. Berufliche Aufzeichnungen und Alltagsgedanken – einige befassten sich mit seiner zweiten Beziehung, die vierzehn Jahre dauerte. Ein Kommentar zu den Befunden seiner Lebensgefährtin – im Gegensatz zu seinen waren ihre Blutwerte völlig normal – stellt ein unverschämtes Denkmal seiner Selbstsucht dar: »Wie verschieden bleiben doch die zwei Hälften eines Paares!«

Hier sind zwei Kinderfotos von mir im Schottenrock: »Für Papa, Georgs I-Platz.« und eine spätere, in Pumps: »Damit ihr seht, wie groß ich geworden bin.« Die *Augenprobleme des Alters* (*Glaukom*) wie auch die *Ansteckende Krankheit* waren Lösungen, die zu den rätselhaften *Sommergewohnheiten* führten (*Haarschnitt*). Das *Gegenmittel bei Vergiftung*, als Nächstes gesucht, kannte er nicht. Bei der 6 senkrecht könnte ich helfen, Papa. *Wettsport* ist das einfache *Windhundrennen*, wieso kamst du nicht darauf? Er hätte mir wahrscheinlich die Hand gereicht, mit jener theatralischen Bewunderung, die wir Kindern zollen, hätte er geahnt, dass wir nach dreißig Jahren gemeinsam über einem Rätsel von 1954 brüten würden, einer neben dem anderen.

Die Intensität unserer Bleistiftlinien unterscheidet sich kaum. Unsere Schrift ähnelt sich in beeindruckender Weise. Wer auch immer diese Seite sähe, würde die beiden Rätsellöser nicht auseinanderhalten können und die Kluft zwischen ihnen nicht ahnen. Der bestens bekannte *Wächter des Hades* half bei der *Rasse mit vielen Arten* (*Terrier*). Der *Weiße Schlittenhund der Arktis* aber, mit fünf Buchstaben, wie konnten er dir entgehen? Und wenn du auch den weltberühmten *Husky* nicht kennst, gibt dir doch die 8 senkrecht die Lösung dafür.

68

»Andreas«, sagte er zu mir nach Mutters Tod, »wir werden umziehen.« Wir zogen in ein altes, zweigeschossiges Haus mit drei Zimmern. Unser Bücherschrank stand oben, quer zu dem großen Fenster, das die gesamte Länge der Wand einnahm. In jenem Jahr hatten sie in dem Gässchen davor einen Strommast aufgestellt. Ich stand vor dem Bücherschrank, nahm mir die *Geschichte der Welt* heraus und las zum hundertsten Mal das Motto auf der sechsten Seite. Es war eine kurze allegorische Geschichte: Hoch im Norden, in einem Land namens Swithson, gibt es einen Felsen von tausend Metern Höhe und ebensolcher Breite. Alle zehn Jahrhunderte setzt sich ein Vogel darauf und wetzt seinen Schnabel am spitzen Gestein – und wenn der Fels dadurch einst abgetragen sein wird, ist gerade eine Sekunde der Ewigkeit vergangen.

Was für ein Gedanke! Unendlichkeit! Wie sollte ich das bloß fassen? Gestern war Donnerstag, heute Freitag, im Sommer werde ich die Grundschule beenden und die Aufnahmeprüfung fürs Gymnasium machen – aber wo beginnt das Unendliche? Ich stellte den Band hastig wieder zurück, am Fenster erschien der Oberkörper eines jungen Elektrikers. Er war auf den Mast geklettert und schraubte nun daran herum – kantiges Gesicht, dichtes, schwarzes Haar, er schielte leicht. »Liest du gerade?«, fragte er und öffnete die Handflächen wie ein Buch. Ich wusste, dass er an den Füßen sichelförmige Steigeisen trug, konnte den Gurt um seinen Leib sehen. »Heute Nachmittag muss ich noch was erledigen, kommst du mit?«, las ich von seinen Lippen ab. Schon einmal hatte ich ihn begleitet, einen Ziehbrunnen zu reparieren, er nahm auch kleinere Arbeiten an, meist auf dem Land.

Am Nachmittag brachen wir auf. Auf seiner Schubkarre lagen ein geschlossener Korb, eine Hacke und eine Schaufel, die Griffe glänzten vom Gebrauch, das Ziel verriet er mir nicht. »Sei unbesorgt, du wirst schon sehen«, sagte er nur. Wir gingen in den Pinienwald, nach kurzer Zeit hielt er an, »Hier«, sagte er und begann zu graben, »Warum?«, fragte ich, ohne eine Antwort zu bekommen; er grub ein tiefes Loch, einen Meter in die feuchte Erde, öffnete den Korb und kippte ihn um, heraus fiel *Philos*, eingewickelt in ein Laken, ich erkannte ihn sofort, er war der Hund der alten Jungfer, ihr Garten lag nicht weit von unserem ersten Haus, er war drei, vier Jahre vor mir geboren und früher fürchtete ich mich vor seinem tiefen Gebell, gar nicht vor ihm selbst.

Ich sah, wie er seitwärts in die Grube fiel, das lederne Band mit den ausgeleierten Löchern noch am Hals, reglos, die Vorderläufe auf gleicher Höhe mit dem Kopf, der Schwanz hängend, der Bauch aufgebläht, sein weißes Fell mit den großen braunen Flecken; eigentlich eher ein Jagdhund, kauerte er doch nur vor der Tür der Nachbarin. Der Elektriker spuckte in die Hände, nahm wieder die Schaufel, und begann mit schnellen Bewegungen die Erde mit Steinen und feinen Wurzeln hinabzuwerfen, bedeckte Stück für Stück den Körper, bald waren nur noch eine Pfote und ein Teil der Schnauze zu sehen;

der Kloß in meinem Hals hatte sich festgesetzt, mühsam unterdrückte ich mein Schluchzen, wollte es nicht zeigen, er bemerkte es nicht.

»Wie hieß er denn?«, fragte er (er kannte Philos nicht, da er in einem anderen Viertel wohnte), »Er hieß Philos«, sagte ich, er schaufelte jetzt schneller, ich hörte die Schaufel an den Kieseln kratzen, »Adieu, Philos«, rief er und schaufelte weiter, bis die angehäufte Erde aufgebraucht war, er kennt den Vokativ nicht, dachte ich, er hat nicht »*Phile*« gesagt, und dieser Gedanke an seine Unwissenheit schien meinen Würgereiz ein wenig zu lindern; Philos war nun nicht mehr zu sehen, gleich würden wir die Erde auf dem kleinen Grab festtreten, dann die Geräte einsammeln, irgendwie kam er mir fremd vor nach der falschen Endung.

»Der Boden sinkt schnell ein«, sagte er, »kommt genau hin, wird sich nicht abheben. In ein paar Monaten wirst du nicht mehr erkennen, wo es war.« Eilig liefen wir mit der leeren Schubkarre den Weg zurück. Ich ging neben ihm. »Lass uns schneller gehen«, murmelte er, »hab nachher noch was vor.«

69

Schon in den ersten Tagen, nachdem ich mich in Athen niedergelassen hatte (mit meinen bescheidenen Mitteln und der ganzen Neugier und Scheu eines Menschen aus der Provinz), hätte ich auf die Frage, was mir am meisten gefiele, geantwortet: anonym zu leben, nicht erfasst zu werden, wie es in der beengten Welt der Fall war, aus der ich kam. Allein die Vorstellung, mit jemandem zu sprechen, den ich tags zuvor noch nicht gekannt hatte, war neu und aufregend, hätte ich noch ergänzt. Die Geschichte ist kurz.

Es war der September 1966, früher Nachmittag. Am Eingang eines Mehrfamilienhauses in Kolonaki – Kinder spielten davor – stand eine Dame mit einem kleinen zitternden Yorkshire Terrier auf dem Arm. Ich erinnere mich noch genau an die ruhige, grüne Straße. Als ich vorbeiging, sagte sie in vertraulichem Ton: »Er fürchtet sich vor den Blagen des Portiers. Sie sind gerade aus den Ferien zurück«, und als sie ihn aus der Tür kommen sah, fügte sie rasch hinzu: »Ils sont arrivés, les paysans.« Lange ist es her und doch scheint alles noch an seinem Platz zu sein, wie die Figuren auf alten Gemälden, so oft du sie auch betrachtest: die Raviné-Straße, das Jahr 1966, der furchtsame Terrier und vor allem sie, die mich, indem sie über »die Bauern« sprach, ganz unerwartet auf ihre Seite zog.

Die Jahre gingen hin. Inzwischen selbst nicht mehr von dieser Welt, ausgestreckt auf einer großen

Wolke, schauen wir hinab auf Kräne, Baustellen, bisweilen auf Küsten und vorbeiziehende Schiffe. Über uns Flugzeuge, die lautlos dahingleiten. Jemand zeigt mir lächelnd einen Gedanken, der ihm post mortem gekommen war – geschrieben auf ein Stückchen Wolke: »Ein Wort genügte mir, um zu sagen, was geschehen ist.« Ich zeige ihm etwas Verwandtes: »Unser Verschwinden bedeutete nicht das Ende der Welt.«

Anmerkungen

1
Nikolaos Plastiras (1884-1953) gehört zu den schillernden Persönlichkeiten der griechischen Geschichte, die seit dem ersten Weltkrieg von anhaltenden Konflikten zwischen Liberalen und Royalisten geprägt ist. Vom Volk als »Der Schwarze Reiter« verehrt, setzte er sich für die Demokratisierung Griechenlands ein, enttäuschte jedoch die linken Kräfte mit seinem ausgeprägten Antikommunismus. Während seiner letzten Amtszeit als Ministerpräsident (1951-1952) war Plastiras bereits zu alt, um seine politischen Ziele zu verwirklichen.
Komboloi: Perlenkettchen, ähnlich einem Rosenkranz, das vorwiegend Männer zum Zeitvertreib spielerisch durch die Finger gleiten lassen.

3
Das legendäre Programmkino *Alkyonis* in Athen war während der Militärdiktatur (1967-1974) ein Zufluchtsort für Cineasten. Trotz Zensur und politischer Repression führte es das Publikum in die Werke von Bergman, Antonioni, Godard, Fellini, Truffaut, Pasolini und Visconti ein. Es kursierte der Witz, dass die Sicherheitskräfte keine Spione bräuchten, um die Linken zu überwachen, sie könnten einfach abends ins *Alkyonis* gehen und alle auf einmal verhaften.

5
Frei nach Peter Schneiders Erzählung *November*, in: *Das Fest der Missverständnisse.* Erzählungen, Rowohlt Taschenbuch Verlag, Hamburg 2003.

9 (ich)
Die *Fackel* war von 1985 bis 2011 das Emblem der rechtskonservativen Partei »Nea Dimokratia«.

10
Zitiert wird aus Fausto Melottis (1901-1986) *Linee*, frei nach dem Gedächtnis.

12
Der Schriftsteller *Alexandros Papadiamantis* (1851-1911) stammte von der Insel Skiathos und war ein Vertreter der griechischen Sittenschilderung. Obwohl er in der künstlichen Schriftsprache *Katharevousa* schrieb, gelang es ihm, einen unverwechselbaren und hochpoetischen Stil zu entwickeln. In seinen Werken finden sich prägnante Darstellungen der griechischen Provinz des 19. Jahrhunderts, etwa in den Figuren der Witwen (vgl. *Die Mörderin*). Mit dem Bild der Robbe, die ein im Meer ertrunkenes Mädchen beweint (*Wunschtraum in den Wellen*), schuf er ein literarisches Symbol für die Anteilnahme der Natur am menschlichen Leid.

14
Alexandros Papagos (1883-1955) brachte als Feldmarschall im Zweiten Weltkrieg den italienischen Angriff auf Griechenland zum Scheitern. Er wurde von den Nazis gefangen genommen (KZ-Haft bis 1945), während er im Bürgerkrieg als Royalist gegen die griechischen Partisanen kämpfte. 1951 geriet er in Konflikt mit dem Palast und gründete eine eigene rechtskonservative Partei, mit der er 1952 die Wahlen gegen Plastiras gewann. Am Ende seiner Regierungszeit war Papagos schwer krank, doch sein Gesundheitszustand wurde der Öffentlichkeit geheim gehalten.

27
Mit dem Langgedicht *Wind auf den Wegen der Welt* erhielt der linke Dichter und Widerstandkämpfer Tassos Livaditis (1922-1988) 1953 den ersten Preis für Poesie beim Weltjugendfestival in Warschau.

29
Die antikisierende Form der griechischen Sprache *Katharevousa* wurde 1836 nach der Gründung des jungen Staates als offizielle Amts- und Schriftsprache eingeführt, mit dem Ziel, das gesprochene Neugriechisch von türkischen und slavischen Einflüssen zu »reinigen« und an die antike Sprachtradition anzupassen. Diese Sprachpolitik führte zu einer Zweisprachigkeit, die bis 1974 auch eine politische Dimension hatte: Die konservativen Kräfte verwendeten *Katharevousa*, während sich die Liberalen mit der gesprochenen »Dimotiki« identifizierten.

31
Die Werke des Komponisten und Gründers der Nationalen Musikschule Griechenlands, *Manolis Kalomiris* (1883-1962), kombinieren Elemente der griechischen Folklore mit den europäischen klassischen Traditionen.

32
Hestía und *Emprós*: Zeitungen der konservativ-royalistischen Fraktion der griechischen Nachkriegszeit. Die *Hestía* wurde bis 1997 in *Katharevousa* herausgegeben, obwohl diese bereits seit 21 Jahren als Amtssprache abgeschafft war.

34
Der aus großbürgerlichen Verhältnissen stammende *Georgios Rallis* (1918-2006) und der dem »Provinzadel« angehörende *Evangelos Averoff* (1910-1990) waren bedeutende Politiker der rechtskonservativen Partei »Nea Dimo-

kratia«, die 1974 von Konstantinos Karamanlis gegründet wurde. Als Karamanlis 1980 die Präsidentschaft der Republik übernahm, rivalisierten sie um die Führung der Partei, was zu heftigen innerparteilichen Kontroversen führte. *Giannis Gaitis* (1923-1984) war ein Maler der griechischen Moderne, der zwischen 1954 und 1974 in Paris lebte. International bekannt wurde er durch seine stilisierten »Anthropakia« (Männchen), die als Symbol für moderne urbane Anonymität, Isolation und Entfremdung gelten.

36
In der Nacht vom 6. zum 7. September 1955 kam es in Istanbul zu einem Pogrom gegen die griechisch-orthodoxe Bevölkerung. 100.000 Griechen verließen bis 1964 die türkische Hauptstadt. Die Ereignisse hatten auch Auswirkungen auf andere Gemeinden der griechischen Diaspora, etwa in Rumänien, deren Mitglieder ebenfalls ins Exil flüchteten.

38
Metz: Begehrte Wohngegend in Athen, in der viele Künstler und Intellektuelle wohnen.

41
Swann: Aus Marcel Prousts *Auf der Suche nach der verlorenen Zeit* (Unterwegs zu Swann).
Un chien peut bien regarder un évêque: Ein Hund kann sehr wohl einen Bischof anschauen (französisches Sprichwort).
Julien Sorel: Der junge Amoralist und Frauenheld, Hauptfigur in dem Roman *Le Rouge et le Noir* von Stendhal.

45
Einer Vorübergehenden: Nachdichtung des Gedichts *À une passante* (Charles Baudelaire, *Les Fleurs du Mal*) von Stefan George (1901).

47
Julian Barnes, *Nichts, was man fürchten müsste*, Kiepenheuer & Witsch, Köln 2010 (aus dem Englischen von Gertraude Krueger).

51
Das Referendum von 1974 war ein entscheidender Moment in der jüngeren Geschichte Griechenlands: Wenige Monate nach dem Sturz der Militärjunta entschieden sich die griechischen Bürger und Bürgerinnen mit einer überwältigenden Mehrheit von rund 70 Prozent gegen die Wiederherstellung der Monarchie. Nach dem Referendum ging König Konstantin II. ins Exil und Griechenland wurde eine parlamentarische Republik.

58
Als Diplomat spielte *Ioannis Kapodistrias* (1776-1831) eine zentrale Rolle bei den Befreiungskriegen Griechenlands gegen die osmanische Herrschaft und wurde anschließend zum ersten Staatsoberhaupt des jungen unabhängigen Staates berufen. Sein Tod infolge eines Attentats 1831 in Nafplio, der damaligen Hauptstadt, markierte den Höhepunkt der politischen Machtspiele und Intrigen jener Zeit und leitete eine neue Ära in der Geschichte des modernen Griechenlands ein.

62
Die konservative Zeitung *Akropolis* machte als erste in den späten 1880er Jahren Polizeiberichte zu einem wichtigen Bestandteil der Nachrichten. Sie zeichnete sich durch Sensationsschlagzeilen, einen dramatischen Stil und den Einsatz lauter Adjektive aus.

63
Das Jahr 1965 markierte den Höhepunkt der krisenhaften Nachkriegsentwicklung in Griechenland. Im Juli wurde

die rechtmäßig gewählte Regierung der links gerichteten »Zentrumsunion« gestürzt, indem der König Premierminister Georgios Papandreou zum Rücktritt zwang. Gleichzeitig gelang es den Royalisten, mittels Bestechungen genügend Abgeordnete des Zentrums in ihr Lager zu ziehen. Diese politischen Spannungen führten im April 1967 zu dem Putsch der Obristen und der darauffolgenden siebenjährigen Militärjunta.

64
Od. 17.306-310: Wunderbar ist es, Eumaios, dass dieser Hund auf dem Miste liegt! / Sein Körper ist schön von Bildung, aber ich weiß nicht, / ob er mit dieser Gestalt auch schnell im Laufe gewesen / oder so, wie die Hund' um der Reichen Tische gewöhnlich / sind; denn solche Herren erziehn sie bloß zum Vergnügen (aus dem Altgriechischen von Johann Heinrich Voß, Insel Verlag, Frankfurt/M. 1990).
Der renommierte Altphilologe und Universitätsprofessor *Dimitris Maronitis* (1929-2016) lieferte Anfang der 2000er Jahre eine neue Übertragung der *Odyssee*, die auch für den schulischen altsprachlichen Unterricht gedacht war. Sie markierte den ersten Versuch einer neugriechischen Übertragung des Epos nach der legendären metrischen und sprachlich mit volkstümlichen Elementen bereicherten Übersetzung des Schriftstellers Nikos Kazantzakis von 1965. Letztere war eine für ihre Zeit bedeutende kulturelle und innovative literarische Leistung und prägte den Zugang der modernen Griechen zum homerischen Text.

69
Kolonaki: Am Fuße des Lykabettus gelegen, gilt der zentrale Athener Stadtteil als Inbegriff einer schicken Wohngegend, in der sich das Bürgertum des 20. Jahrhunderts ansiedelte.

Eva Förster

Zorniger

Erzählung

Broschur / 136 Seiten / ISBN 978-3-89930-476-3

Als Wolfgang Mühlberger am Telefon vom Tod von seiner einzigen Tochter, Nathalie hört, bricht er zusammen. Nathalies Tod in der Psychiatrie ist rätselhaft. Nachdem seine Frau an Krebs gestorben war, hatte Mühlberger seine Tochter irgendwie verloren. Nicht, dass sie sich nicht mehr gesehen hätten, aber der Witwer hatte sich abgeschottet von den Gefühlen seiner Tochter. Sie war ihm zuviel geworden. Aber wer war Schuld an Nathalies Tod? Mühlberger trifft auf einen alten Bekannten, mit dem er einen schicksalhaften Streit hatte, in den achtziger Jahren, an der Humboldt-Universität ...

»... mitnichten ein Kriminalroman, was auch niemand behauptet hat,und und dennoch wird der Schuldige an einem Tod gesucht.« *Detlef Knut, Der Krimi und mehr Blog*

»Ein zunächst zorniger Trauerprozess eines Vaters mit einem überraschenden Ende und eine sehr unterhaltsame Lektüre.« *Ingrid, der-kultur-blog.de*

»Nach längerer Zeit habe ich vergangenes Wochenende mal wieder eine Erzählung gelesen. Und sie hat mich richtig überzeugen können. Sie beschäftigt mich sogar noch immer.« *aigantaigh.wordpress.com*

Cécile Oumhani

Denn Tiger fressen keine Sterne

Roman

Aus dem Französischen von Regina Keil-Sagawe

ISBN 978-3-89930-469-5 / erscheint im Sommer 2025

In einem Hotel am Ende der Welt geben zwei Frauen, eine Französin und eine Afghanin, ihre Stärke und ihre Zerbrechlichkeit preis. Ein Fokus auf die Gemeinsamkeiten der Menschheit.

Ein verpasster Anschlussflug am Flughafen von Bahrain bringt die Reise der Ich-Erzählerin nach Indien, das Land, in dem ihr Vater aufgewachsen ist, durcheinander. Sie ist gezwungen, in einem Hotel zu übernachten, wo sie die Afghanin Meena kennenlernt, die nach Kabul reist, um ihren Vater zu besuchen.

Die Erzählerin wird von Meenas Berichten über Indien, Afghanistan, den Krieg und die Reise über gefährliche Bergstraßen bis hin nach Berlin, wo sie sich durchsetzen muss, in den Bann gezogen.

Unerwartete Resonanzen, wie Lichter in der Nacht, bringen die beiden Frauen einander näher.

Unter der sensiblen und poetischen Feder von Cécile Oumhani zeichnen sich die Wege des Exils und das Wunder einer Begegnung ab; Menschlichkeit offenbart sich.

SCH
LR&
MCK